Fedor de Beer
Das Buch der 1269 Wünsche

Fedor de Beer wurde 1975 in den Niederlanden geboren. Als Kind hat er alles gelesen, was er in die Finger bekam – besonders gern aber historische Romane. Heute erzählt er als Grundschullehrer selbst viele Geschichten. Er studierte Philosophie und Pädagogik und machte seinen Doktortitel. Das Erzählen für Kinder ist ihm ein wichtigstes Anliegen, darum besuchte er einen entsprechenden Kurs in Amsterdam und schrieb wenig später mit ›Das Buch der 1269 Wünsche‹ sein erstes Kinderbuch.

Bettina Bach, geboren 1965, wuchs in Deutschland und Frankreich auf. Nach einer Verlagsausbildung in Paris studierte sie in Berlin und Amsterdam. Sie übersetzt aus dem Niederländischen und Französischen. 2014 würde sie für ihre Übersetzung von Arjan Vissers ›Der blaue Vogel kehr zurück‹ mit dem Else-Otten-Preis ausgezeichnet. Bettina Bach lebt mit ihrer Familie in Jena.

Fedor de Beer

Das Buch der 1269 Wünsche

Aus dem Niederländischen
von Bettina Bach

dtv

Ausführliche Informationen über unsere Autoren und Bücher
www.dtv.de

Wir danken dem Nederlands Letterenfonds für die Förderung
der Übersetzung ins Deutsche.

N ederlands
letterenfonds
dutch foundation
for literature

Deutsche Erstausgabe
2016 dtv Verlagsgesellschaft mbH & Co. KG, München
© 2014 Van Goor/Uitgeverij Unieboek/Het Spectrum bv, The Netherlands
Titel der niederländischen Originalausgabe: ›Het Kindertransport‹,
2014 erschienen bei Uitgeverij Unieboek/Het Spectrum bv
© für die deutschsprachige Ausgabe:
2016 dtv Verlagsgesellschaft mbH & Co. KG, München
Umschlaggestaltung: zeichenpool
Gesetzt aus der Sabon LT Pro 12/15˙
Satz: Fotosatz Amann, Memmingen
Druck und Bindung: Druckerei C.H.Beck, Nördlingen
Printed in Germany · ISBN 978-3-423-76154-3

Meine Oma war ein großes Rätsel

Ich dachte, sie zu kennen
Dann stürzte sie ab
Jetzt ist sie ein anderer Mensch

Und ich auch

Inhalt

Zu spät

Mittwoch, 27. Februar 2013

»Wo bleibt sie bloß?«

Marit warf einen Blick in den Gang, durch die offene Pendeltür nach draußen. Niemand.

Ihre Hand tastete nach dem Handy in ihrer Hosentasche. Keine Nachricht.

Es war fast zehn Uhr. Der Deckel lag schon bereit und sie war immer noch nicht da. Wieder nicht. Nicht einmal jetzt.

Marit seufzte und kehrte in den kleinen, schwach beleuchteten Raum zurück. Ihr wurde fast übel von dem schweren, süßlichen Duft nach Weihrauch und Lilien.

Ihr Vater zog die Schrauben des Sargs ein letztes Mal kräftig an.

»So, Hendrikje, der sitzt«, sagte er und legte ein Bronzekreuz auf den Deckel.

Marits Uroma Hendrikje – alt, grauweißes Haar, faltig – legte mit zitternder Hand eine herrliche, langstielige rote Rose darauf.

»Auf Wiedersehen, Johanna, mein Kind«, sagte sie.

»Ruhe sanft.« Sie wischte sich eine Träne von der Nasenspitze, die um ein Haar auf den Sarg gefallen wäre.

Als hätten sie nur darauf gewartet, kamen vier kräftige junge Männer in zeremoniellem Schwarz herbei und rollten den Sarg aus der Trauerhalle. Marit und ihr Vater hakten Hendrikje rechts und links unter und folgten dem Sarg langsam zur Kirche.

Es war nicht weit. Höchstens zehn Minuten zu Fuß, aber es könnte gerade reichen, damit ihre Mutter doch noch rechtzeitig kam. Zur Beerdigung muss sie wirklich kommen, dachte Marit, während sie sich den Schal des kalten Winterwinds wegen enger um den Hals wickelte. Die ganze Woche schon konnte ihre Mutter nicht dabei sein. Wenn sie jetzt sogar die Beerdigung ihrer eigenen Mutter sausen ließ …

Furchtbar wütend war sie gestern gewesen, als ihre Mutter angerufen hatte. Madame hatte beschlossen, doch noch eine Abendvorstellung in Berlin zu geben. Die Tournee wäre ein großer Erfolg, sagte sie, und das Orchester sei nun mal von ihren Soli abhängig. Wenn Eva de Rijk absagte, würden alle anderen keinen Cent verdienen.

Marit hasste es. Ihre Mutter gab immer vor, alles für andere Menschen zu tun, als opfere sie sich für alle anderen auf, aber das war einfach Blödsinn. Ihre Mutter war schlicht nie da – nicht einmal dann, wenn sie zu Hause auf dem Sofa saß – immer war sie Eva de Rijk, die berühmte Violinistin, die von einem großen Konzert-

10

saal zum nächsten hetzte, um Beifall zu ernten. Beifall, auf den sie nicht verzichten konnte, keine Sekunde. Applaus, den sie nicht einmal dann entbehren wollte, als sie erfahren hatte, dass ihre Mutter vorige Woche irgendwo im fernen Brasilien verunglückt war.

»*The show must go on*, Schätzchen«, hatte sie am Telefon gesagt. »Es bringt nichts, wenn ich in den nächsten Flieger steige und fünf Tage zu Hause herumhocke. Dann ist es doch besser, wenn ich dem Publikum einen schönen Abend verschaffe, oder?«

Nein, natürlich nicht, hätte Marit am liebsten geschrien, du musst bei uns sein. Bei Hendrikje, bei Papa, bei mir. Es ist deine Mutter, meine Oma, die da gestorben ist.

Aber sie brachte es nicht über die Lippen. Ohne ein Wort gab sie ihrem Vater den Hörer weiter und kuschelte sich auf dem Sofa an die Mutter ihrer Oma, Uroma Hendrikje, die neben ihnen in der ausgebauten Scheune ihres ehemaligen Bauernhofes wohnte und die, genau wie sie selbst, wirklich traurig war.

Und gestern hatte Eva de Rijk dann wieder angerufen. Dass sie noch einen Abend spielen würde, dass aber bereits ein Flug für sie gebucht sei, am frühen Morgen, und dass sie mit dem Taxi von Schiphol in null Komma nichts zu Hause wäre. Das Schließen des Sarges, um zehn Uhr, würde sie also mit Leichtigkeit schaffen.

Oder eben nicht, dachte Marit. Ihre Mutter hatte alles verpasst. Wie Oma, die in ihrem Sarg aus dem Amazonas-

Dschungel überführt worden war, in der Trauerhalle ankam. Wie sie Oma schön gemacht hatten, Marit und Hendrikje zusammen – beide laut weinend. Wie Marit die Briefumschläge für die Todesanzeigen geschrieben hatte, bis ihre Finger sich total verkrampften, wie sie gemeinsam überlegten, was der Pfarrer bei der Messe sagen sollte, und wie sie die Blumengestecke betrachtet hatten, die endlos, einer nach dem anderen, aus aller Welt zu ihnen nach Hause geliefert wurden.

Und jetzt also auch, wie der Sarg geschlossen wurde. Eva de Rijk hatte ihre Mutter nicht mehr gesehen, selbst das hatte sie sich entgehen lassen.

»Aber in die Kirche schaffe ich es auf jeden Fall. Ehrenwort.«

Ein Blick genügte. In der brechend vollen Kirche war die Bank, auf der RESERVIERT FÜR FAMILIE stand, leer. Marit schluckte ihre Enttäuschung hinunter und half Hendrikje, sich zu setzen. Sie biss die Zähne zusammen, um ihre Tränen zu unterdrücken, und rutschte neben sie. Ihr Vater schloss die Reihe.

Wieder schob sie die Hand in die Hosentasche.

Immer noch keine Nachricht.

Sie stupste ihren Vater an.

»Wo bleibt sie bloß?«, flüsterte sie. »Wenn das so weitergeht, verpasst sie echt alles.«

Ihr Vater blickte auf seine Armbanduhr und beugte sich zu ihr.

12

»So ist deine Mutter nun mal.« Er seufzte. »Sie wird schon noch auftauchen, aber eben erst, wenn *sie* so weit ist.«

Marit verschränkte wütend die Arme und lehnte sich zurück.

Ja, wenn *sie* so weit ist, aber verdammt noch mal, heute drehte sich ausnahmsweise einmal nicht alles um sie.

* * *

Als der Chor ein langsames, trauriges Lied anstimmte, fragte sich Marit, was ihre Oma eigentlich davon halten würde. Da war sie also tot, und ihre eigene Tochter kam nicht zu ihrer Beerdigung, weil sie lieber in Wien und Berlin die Diva heraushängen ließ. Weil eine tote Mutter nicht Beifall klatschen kann.

Oder hätte sie Verständnis dafür, weil sie selbst nie zu Hause gewesen war? Nicht mal an wichtigen Tagen, an ihrem Geburtstag zum Beispiel oder an dem von Eva und Marit. Oma kam, wenn sie kam, und ging, wenn sie ging, völlig unberechenbar.

Komisch, aber das war ihr eigentlich nie aufgefallen. Ihre Mutter war fast immer weg, aber dasselbe hatte auch für Oma gegolten. Stattdessen war ihr Vater da, wenn sie nach Hause kam, und Hendrikje. Ihre Uroma war schon über neunzig, doch sie merkte es immer, wenn Marit nach der Schule ihre Tasche vom Fahrrad nahm, klopfte kurz an die Scheibe, und dann stand schon eine Tasse frisch gebrühter Pfefferminztee für sie auf dem Tisch.

»Wir sind heute zusammengekommen, um uns von Johanna de Rijk zu verabschieden.« Blechern hallte die Stimme des Pfarrers durch die Kirche. »Viele von Ihnen kannten sie als Johanna, als Professor de Rijk oder, wie ihre Enkelin Marit sie schon als kleines Mädchen nannte, als Oma Fliegmaschine.«

Gekicher ging durch die Reihen.

Oma Fliegmaschine. Oma war Archäologin und flog in der ganzen Welt umher, um nach untergegangenen Städten und verborgenen Schätzen zu graben. Sie war sogar auf Achse, wenn sie nicht gerade irgendwo etwas ausbuddelte. Dann tingelte sie von einer Universität zur nächsten und hielt Vorlesungen. Schon als Kleinkind brachte Marit zusammen mit ihrem Vater und Uroma Hendrikje ihre Oma zum Flughafen und holte sie dort Wochen später wieder ab. Deshalb hatte sie sie mit drei Jahren »Oma Fliegmaschine« getauft und das war sie geblieben. Sogar, als ihre Großmutter sich ein paar Jahre später zur Ruhe setzte, denn nicht mal dann ließ sie das Reisen sein. Sie hatte »Hummeln im Hintern«, sagte ihr Vater dazu. Bei Eva kam es also nicht von ungefähr.

Die Messe nahm ihren Lauf. Marit zündete die Kerzen um den Sarg an und trug ein Gedicht vor – ohne Eva. Danach erzählte Hendrikje mit erstaunlich fester Stimme von Johanna, ihrer Tochter – ohne Eva. Marit schniefte

14

und drückte Hendrikje sanft die Hand, als sie sich wieder neben sie setzte.

In der Stille nach Hendrikjes Rede klang das Öffnen der Kirchentür störend laut, und als sie kurz darauf zufiel, dröhnte es wie ein Kanonenschuss. Hoffnungsvoll drehte Marit sich um. Das musste Eva sein, dann käme sie wenigstens nicht zu spät für ihre eigene Ansprache. Aber nein. Wahrscheinlich bloß jemand, der rasch auf eine der hinteren Bänke geschlüpft war.

Marit sah, dass ihr Vater sich ebenfalls umgedreht hatte, den Kopf schüttelte und mit einem Blatt Papier in der Hand ans Mikrofon trat.

»Eva hat sich ein bisschen verspätet, Johanna«, wandte er sich an den Sarg. »Sie ist noch nicht da, hofft aber, dass sie es noch schafft, dir bei deiner letzten großen Reise hinterherzuwinken. Und ich hoffe es auch, denn auf euren vielen Reisen habt ihr euch wirklich oft genug verpasst. Wenn Marit, Hendrikje und ich eine von euch nach Schiphol gebracht haben, konnten wir häufig die andere am nächsten Tag dort abholen.«

Er schwieg einen Augenblick und sah zur großen Tür hinten in der Kirche.

Marit wusste, dass er genau wie sie hoffte, Eva könnte doch noch selbst das Wort ergreifen.

Leider nein.

Mit einem leisen Seufzer faltete er das Blatt auf.

»Johanna, ich lese dir jetzt die Worte vor, von denen Marit und ich glauben, dass Eva sie dir an dieser Stelle hätte sagen wollen.«

Himmlische Klänge

Alle standen dicht gedrängt um das Grab, in das der Sarg gerade hinabgelassen worden war.

»Johanna war eine liebenswerte, herzliche und warmherzige Frau«, sagte der Pfarrer und spreizte die Arme. »Aber sie war immer auch ein bisschen gehetzt, sie hat gelebt, als wäre jeder Tag ihr letzter.«

Marit lächelte. Oma hatte es tatsächlich immer eilig gehabt. Zu Hause machte sie immer mindestens drei Dinge gleichzeitig. Während sie Marit über die Jungen in ihrer Klasse aushorchte, packte sie ihren Koffer aus und kritzelte zwischendurch Notizen für ein weiteres Buch auf einen Block. Und ein paar Tage später stand sie schon wieder auf dem Flughafen Schiphol, verteilte feuchte Küsse und winkte noch ein letztes Mal, bevor sie durch die Zollkontrolle ging und für etliche Wochen verschwand.

»Und nichts war ihr zu wild«, fuhr der Pfarrer fort. »Sie nahm jede Herausforderung an, auch hier im Dorf. Wir erinnern uns bestimmt alle noch daran, wie sie einmal mit einem selbst fabrizierten Ballon den Wetterhahn auf unserem Kirchturm beinahe einen Kopf kürzer gemacht hätte. Oder an dieses andere Mal, als sie, gut vierzig Jahre ist das her, zusammen mit den Schulkindern beim Seifenkistenrennen mitgefahren ist, aus der Kurve flog und in rasender Fahrt im Wassergraben landete.«

Jetzt lachten mehrere Menschen laut. Auch Marit.

Eigentlich war ihre Großmutter wirklich seltsam gewesen. Wer flog schon kreuz und quer durch die ganze Welt? Wer sprang von Brücken, erklomm schneebedeckte Berggipfel oder tauchte im dichten Urwald ab?

Der Pfarrer schüttelte den kahlen Kopf.

»Man könnte fast sagen, dass sie so gestorben ist, wie sie gelebt hat.«

Er machte eine kurze Pause.

»Diese Worte sind heute schon mehrmals gefallen. Johanna starb, als sie mit dem Segelflugzeug ein Looping machte und abstürzte. Über dem Amazonas. Mit drei Indianern neben sich.«

Der Pfarrer konnte ein kleines Lächeln nicht unterdrücken.

»Sie war erst neunundsechzig Jahre alt, aber es ist, als hätte sie tausend Leben gelebt. Möge sie in Frieden ruhen.«

Er machte ein weit ausholendes Kreuzzeichen mit dem Weihwasserpinsel und es wurde ganz still.

Plötzlich schien der Wind leise hohe, warme Töne aus weiter Ferne vor sich her zu pusten, als würden Engel Johanna de Rijk im Himmel willkommen heißen.

Marit wusste es sofort.

Da war sie also.

Es war nicht anders möglich.

Niemand spielte so wie ihre Mutter.

Alle drehten sich zur Musik um.

Zwischen den Grabsteinen ging eine Frau über den Weg.

Langsam.

Sie trug ein glänzendes weißes Abendkleid und spielte mit fast geschlossenen Augen Geige.

Laute des Erkennens erklangen und wie auf Absprache traten die Leute einen Schritt zur Seite, sodass Eva ihr Spiel nicht unterbrechen musste, um ans Grab ihrer Mutter zu kommen.

Marit ballte die Fäuste.

Das war wieder typisch! Ihre Mutter kam zu spät. Einfach so, zu spät zu Omas Beerdigung, und niemand störte sich daran, weil sie jetzt Geige spielend im Mittelpunkt stand. Wie konnte man nur auf dem Begräbnis seiner eigenen Mutter im Mittelpunkt stehen wollen?

Eva blieb am Grab stehen, spielte jedoch weiter. Langsame Töne und schnelle, hohe Melodien taumelten durcheinander. Marit sah immer mehr Leute ihre Taschentücher hervorholen, sie sah, dass ihre Mutter es ebenfalls sah und mit einem kleinen Lächeln weiterspielte.

Als das Lied zu Ende war, nahm Eva die Geige von der Schulter und verbeugte sich. Erst zum Grab hin, dann zum Publikum. Stille senkte sich wie eine Decke herab.

Feierlich schöpfte Eva eine Handvoll Erde aus dem Eimer, den der Pfarrer ihr entgegenhielt.

»Auf Wiedersehen, Mama«, sagte sie laut. »Schlaf schön.«

Mit einer weiten, langsamen Geste streute sie die Erde über den mit Blumen bedeckten Sarg in der Tiefe. Marits Vater folgte ihrem Beispiel.

»Tschüss, Johanna«, sagte Hendrikje, als sie Erde auf den Sarg streute. »Welch ein Glück, dass ich genau dich bekommen habe, an diesem 8. Juni 1943. Fast siebzig Jahre bist du geworden, wer hätte das gedacht. Ich bin stolz auf dich.«

»Komm, Schätzchen«, sagte Eva und berührte Marits Arm, nachdem auch sie ein Schäufelchen Erde auf den Sarg gestreut hatte. »Der Leichenschmaus wartet.«

Marit schüttelte den Kopf.

Das hätte sie wohl gern!

Ihre Mutter zuckte die Schultern und spazierte am Arm ihres Vaters über den Weg zurück.

Ganze fünf Minuten war ihre Mutter auf Omas Beerdigung gewesen.

Und in dieser kurzen Zeit hatte sie alle Aufmerksamkeit auf sich gezogen und glaubte jetzt auch noch, sich als gute Mutter aufspielen zu können. Kam nicht infrage, sie blieb hier!

Als der letzte Trauergast Erde auf den Sarg gestreut hatte, reichte der Pfarrer Marit den Eimer.

»Der Rest ist für dich, Marit, lass dir Zeit.«

Er zwinkerte ihr zu und entfernte sich, das weiße Gewand flatterte ihm um die Beine.

Marit starrte ins Grab hinunter. Der Sarg war fast vollständig bedeckt. Sie griff nochmals nach der Schaufel und schüttete Erde in eine Ecke, wo noch ein bisschen Holz zu sehen war.

»Tschüss, Oma«, flüsterte sie. Mit einer raschen Geste strich sie ihr halblanges Haar hinters Ohr. »Du wirst mir fehlen.«

Wieder schaufelte sie etwas Erde aus dem Eimer.

Und noch einmal.

Immer schneller. Ihre Beine zitterten; durch die Tränen, die sich nicht mehr zurückhalten ließen, konnte sie nur noch verschwommen sehen.

Ein Arm legte sich um ihre Taille.

»Decke sie nur schön zu«, sagte eine Stimme sanft.

Uroma Hendrikje.

Marit ließ den Eimer fallen und schmiegte sich an sie.

»Eva und Johanna, sie waren sich sehr ähnlich.« Hendrikje hakte sich bei Marit unter und sie gingen langsam zwischen den Grabsteinen hindurch zum Ausgang.

»Beide wussten genau, was sie wollten. Johanna wollte unbedingt um die ganze Welt reisen, und deine Mutter ist immer nur glücklich, wenn sie Konzerte geben kann.«

Marit schniefte und kickte einen Kieselstein vor sich her.

»Sei nicht böse auf Eva, selbst wenn sie mal einen Fehler macht.«

»Mal?«, schnaubte Marit. »Sie ist *nie* da. Und es kann doch kein Versehen sein, zu spät zur Beerdigung seiner eigenen Mutter zu kommen. Und dann will sie es wiedergutmachen, indem sie ein bisschen herumfiedelt!«

Hendrikje schüttelte den Kopf.

»Viele Dinge verstehst du noch nicht, Marit«, sagte sie. »Johanna war nicht oft für Eva da. Du nimmst es deiner Mutter jetzt übel und hast vielleicht sogar recht. Aber Eva war eigentlich immer sauer auf ihre Mutter, auf Johanna. Weil Johanna nie da war und Eva nicht wusste, dass sie gar nichts dafür konnte.«

»Das verstehe ich jetzt wirklich nicht«, sagte Marit und warf Hendrikje einen Blick zu. Verletzlich sah sie aus, verletzlich, aber zäh.

Hendrikje zögerte und machte dann einen – jedenfalls für ihre Verhältnisse – besonders großen Schritt.

»Nein, natürlich nicht. Achte nicht auf mich, vergiss es. Geschwätz einer alten Frau. Komm, die Leute warten.«

* * *

Im Café war eine Menge los. Eine lange Reihe von Menschen schlängelte sich durch den Raum, um Marits Mutter ihr Beileid auszusprechen. Als Marit mit Hendrikje hereinkam, bildete sich sofort eine weitere Schlange, um der Mutter der Verstorbenen die Hand zu geben. Bald war Hendrikje völlig vereinnahmt von all den Trauergästen. Marit fühlte sich fehl am Platz und machte sich auf die Suche nach ihrem Vater. Doch der war bei ihrer Mutter, vor einem Tisch mit einem großen Korb voller Brötchen, und schüttelte ebenfalls Hände.

Marit schnappte sich ein Käsebrötchen und ließ sich auf einen Stuhl fallen.

Ihre Mutter übertrieb wieder einmal. Wie sie jetzt Hände schüttelte und Luftküsse verteilte und zu laut rief, was für ein wunderbares Leben Oma gehabt habe.

Als ob sie das wüsste.

Dann fiel ihr ein, was Hendrikje gerade gesagt hatte. War ihre Mutter etwa zu spät gekommen, weil sie sich, genau wie sie heute, immer geärgert hatte, dass ihre Mutter sich nie Zeit für sie genommen hatte, nie in Ruhe mit ihr redete oder sich mit ihr einen Film ansah? Hatte Hendrikje das gemeint?

Marit seufzte und nahm sich noch ein Brötchen.

Gut anderthalb Stunden vergingen, ehe sich die Menschenmenge, die Eva und Hendrikje ihr Beileid bekunden wollte, aufgelöst hatte. In der Zwischenzeit hatte Marit den halben Korb mit Brötchen leer gegessen und ihr Vater, der sich bald zu ihr gesellt hatte, die andere Hälfte.

Sie strich mit dem Finger über die alte Geige ihrer Mutter, die diese hinter sich auf den Tisch gelegt hatte und, wie Marit deutlich sah, immer unauffällig im Blick behielt. Ein altes Ding war es, nichts Besonderes. Keine Stradivari oder Stainer, aber trotzdem wollte ihre Mutter keine andere haben. Mit diesem Instrument hatte sie, wie sie oft erzählte, schon mit fünfzehn Jahren ihren Durchbruch erlebt, und obwohl sie regelmäßig viel ältere und teurere Geigen angeboten bekam, seit sie so erfolgreich war, lehnte sie immer ab. Insgeheim freute sich Marit. Diese Geige gehörte zu ihrer Mutter, sie würde ihren Klang immer und überall erkennen, so wie sie auf dem Friedhof gerade als Erste gewusst hatte, was da vor sich ging.

»Marit, Schätzchen, da bist du ja.« Eva strich ihrer Tochter übers Haar und ließ sich elegant auf den Stuhl neben ihr sinken. »Entschuldige, dass ich vorhin so spät gekommen bin, Liebes. Das Flugzeug hatte Verspätung. Eis auf den Flügeln oder so.«

Marit zuckte bockig die Schultern.

»Das musst du schon selber wissen, sie ist deine Mutter. Und jetzt hast du sie eben nicht mehr gesehen, nachdem sie ...«

»So ein Mist«, unterbrach Eva sie mit einem Blick auf die Uhr. »Es ist schon viel später, als ich dachte. Ich muss los, sonst bin ich heute Abend zu spät in Wien.« Sie schnippte mit den Fingern und ein Mann in einem makellosen Anzug, der die ganze Zeit in einer Ecke gesessen hatte, sprang auf die Füße.

Eva küsste Marit eilig.

»Sei nett zu deinem Vater und schau diese Woche ruhig mal öfter als sonst bei deiner Uroma vorbei.«

Sie küsste Marits Vater und Hendrikje und ging winkend davon.

»Tschüss, tschüss, ciao!«

Der Anzugmann eilte hinter ihr her.

»Wer war das?«, fragte Marit.

»Der Taxifahrer«, sagte ihr Vater. »Sie hat ihn warten lassen, um sicherzugehen, dass sie rechtzeitig in Schiphol ist.« Er legte den Arm um sie.

Marit biss die Zähne zusammen und starrte auf die noch leise hin und her schwingende Pendeltür, durch die ihre Mutter gerade verschwunden war.

Es war zwei Uhr nachmittags. Gegen zwölf war ihre Mutter Geige spielend auf dem Friedhof erschienen und jetzt, exakt zwei Stunden später, war sie schon wieder auf und davon. Unterwegs zu einem neuen Auftritt.

»Du wusstest, dass sie nicht lange bleiben kann«, flüsterte ihr Vater und zog sie fest zu sich heran. »Wir haben darüber gesprochen. Bei dieser Tournee hängt alles von ihr ab. Deine Mutter kann die anderen jetzt nicht im Stich lassen.«

Nein, dachte Marit. Die anderen nicht.

»Ich hatte trotzdem gehofft, dass sie kurz mit nach Hause kommt«, sagte sie mit einem Kloß im Hals.

»Ich weiß«, antwortete ihr Vater. »Aber so ist das nun mal. Komm, lass uns eben gemütlich zu dritt nach Hause gehen, zusammen verschnaufen. Und dann bestellen wir was beim Chinesen. Kochen schaffe ich jetzt echt nicht mehr.«

Das Medaillon

»Johanna war ein ganz besonderes Kind.« Hendrikje blickte mit geröteten Augen auf ein gerahmtes Zeitungsfoto. Darauf war ihre Tochter unübersehbar hinter einem afrikanischen Königsthron zu sehen – unbeugsam, mit einer Löwenmaske. Neben ihr stand Hendrikje, klein und zart, und auf dem Thron saß Eva mit einem fröhlichen Kind im Schoß, einem Baby: Marit. Vier Generationen auf einem Bild. Es war das einzige Foto von ihnen allen zusammen.

»Immer in Bewegung. Nie stand sie mal einen Moment still.« Hendrikje legte den Rahmen vorsichtig auf den Tisch, zwischen die halb leeren Essensverpackungen vom Chinesen, und strich mit dem Daumen über den Kopf ihrer Tochter. »Johanna, meine Liebe, damit ist es jetzt vorbei.«

Marit nahm sich noch ein paar fahlgelbe Gemüsestücke in tropfender Soße. Merkwürdig, was für einen Bärenhunger sie an einem solchen Tag hatte. Bei der Trauerfeier hatte sie mindestens vier Käsebrötchen gegessen, und jetzt noch chinesisch.

Marits Vater stapelte die Verpackungen übereinander.

»Das reicht bestimmt noch bis zum Ende der Woche«, sagte er zu Hendrikje. »Komm morgen ruhig wieder zum Essen her. Ach ja, und bevor ich es vergesse, ich wollte mich morgen Abend schon mal daranmachen, Ordnung in Johannas Sachen zu bringen. Rechnungen bezahlen, Verträge kündigen und nachschauen, was als Erstes erledigt werden muss.«

Hendrikje sah ihn erleichtert an.

»Schön, Leo. Ich hatte schon gehofft, dass du dich darum kümmerst. Wenn ich jetzt in ihr Haus gehen würde ...« Kopfschüttelnd nahm sie den Fotorahmen wieder in die Hand.

»Kein Problem, Hendrikje.« Er nahm die Verpackungen und räumte sie in den Kühlschrank. »Bleibt ihr zwei ruhig noch eine Weile sitzen. Ich muss jetzt leider an die Arbeit. Es ist schon spät und morgen sollte ich eigentlich eine Webseite für einen Großkunden fertig haben. Letzte Woche bin ich damit nicht sehr weit gekommen.«

Marit stellte eine Kanne frischen Tee auf den Tisch.

»Findest du es nicht seltsam, dass Oma Johanna jetzt tot ist? Sie war schließlich deine Tochter.«

Hendrikje wischte sich über die Augen. Ihr Kopf zitterte etwas.

»Ganz schlimm finde ich das. Johanna war noch so fit und gesund. Ich wäre so gern an ihrer Stelle gegangen.« Hendrikje schniefte leise. »Aber scheinbar ist meine Aufgabe auf Erden noch nicht abgeschlossen.«

»Und die von Oma schon? Sie war doch erst neun-undsechzig.«

Ihre Urgroßmutter kniff die Augen zusammen.

»Das stimmt, aber so funktioniert das leider nicht mit dem Tod. Deine Oma wäre um ein Haar siebzig ge-worden, und das ist viel mehr, als ihre Mutter sich je hätte träumen lassen.«

Marit sah Hendrikje befremdet an.

»Du weißt, was die Nachspielzeit ist, oder?«, fragte die.

»Natürlich«, sagte Marit verwundert.

»Man könnte sagen, dass Johannas Leben die ganze Zeit in der Nachspielzeit stattgefunden hat. Von Anfang an.«

Lächelnd betrachtete Hendrikje das Foto. »Und so gesehen ist knapp siebzig gar nicht schlecht«, flüsterte sie.

Marit verstand gar nichts mehr. Nachspielzeit? Ihre Großmutter? Doch bevor sie eine Frage stellen konnte, hob Hendrikje beschwörend die Hand und stand auf.

»Moment mal, sonst vergesse ich es noch. Ich habe etwas für dich.«

Mit kleinen Schritten trippelte sie zur Garderobe im Flur.

»Ich habe es heute Morgen abgemacht, kurz bevor dein Vater und ich den Sarg geschlossen haben«, sagte sie.

Marit sah sie mühsam etwas aus der Manteltasche klauben.

Als ihre Urgroßmutter langsam zum Tisch zurückkam, erkannte sie in ihrer Hand das Medaillon, das ihre Oma immer getragen hatte. Sie kannte es gut, es war ein kleines, aufklappbares Silberherz mit einem Babyfoto von Marit darin. Eigentlich war es eine Kette, wie Kinder sie tragen, aber ihre Großmutter wollte sie nie ablegen.

»Für dich«, sagte Hendrikje und drückte Marit das Medaillon in die Hand.

Diese nahm es vorsichtig, legte es auf die Hand und betrachtete es. Das Silber war stumpf, als wäre das Medaillon schon seit Jahren nicht mehr geputzt worden, und es hing an einer ganz zarten silbernen Kette.

Entzückt strich Marit darüber. »Danke, Hendrikje. Aber warum gibst du mir das? Ich meine, hätte sie es nicht lieber mit ins Grab genommen? Oder es dir oder Mama gegeben?«

Ihre Urgroßmutter lachte. »Nein, nein, Johanna lag viel daran, dass du es bekommst. Das hat sie mir schon vor Jahren gesagt, als hätte sie geahnt, dass sie nicht so lange leben wird wie ich. Das Foto von dir ist nicht ohne Grund darin. Heute Morgen ist es mir wieder eingefallen. Und weißt du was? Zufällig habe ich ihr das Medaillon geschenkt, als sie dreizehn wurde, genauso alt, wie du jetzt bist. Also hat es schon alles seine Richtigkeit. Das Medaillon ist für dich und sonst niemanden. Halte es in Ehren, Johanna hat sehr daran gehangen.«

* * *

Gegen zehn Uhr abends saß Marit im Schlafanzug mit angezogenen Beinen am Kopfende ihres Bettes. Sie spielte mit dem Medaillon, betrachtete aufmerksam das leicht vergilbte Foto von sich. Darauf war sie etwa drei Monate alt, noch ganz klein, mit einem komischen großen Kopf und ein paar abstehenden Haarbüscheln. Potthässlich!

Aber ihre Großmutter hatte das Foto nie ersetzen wollen. Auch nicht, als Marit vier war und ihr Vater ein schönes Foto von ihr mit lustigen Pippi-Langstrumpf-Zöpfen gemacht hatte.

»Ich behalte dieses«, sagte Oma jedes Mal, wenn Marit darauf zu sprechen kam. »Dann sehe ich, wie klein du einmal warst und wie groß du jetzt bist.« Und damit klappte sie das Medaillon demonstrativ zu.

Basta.

Sie musste das Foto austauschen. Eins von ihrer Großmutter wäre besser, dann würde Marit nie vergessen, wie sie ausgesehen hatte. Am rechten Rand war das Bild in dem Herz ein bisschen beschädigt und stand hoch. Seltsam, als wäre es an dieser Stelle regelmäßig angehoben worden.

Marit schob einen Fingernagel darunter. Das Foto ließ sich ganz leicht lösen. Als es auf ihr Bett fiel, sah sie, dass in dem Medaillon – dort, wo das Foto gewesen war – etwas eingraviert war. Sie hielt das aufgeklappte Herz schräg ins Licht und versuchte, die Inschrift zu entziffern.

לֹחֶך, stand da, darunter יח und unter diesen Zeichen ein Datum: 18.2.43.

Sie strich über die unlesbaren, eckigen Zeichen.

לֹחֶך und יח.

Was das wohl hieß? Es sah aus wie Arabisch oder so. Und was hatte es mit dem Datum auf sich? Ihre Großmutter war im Jahr 1943 geboren, das stimmte schon, aber nicht im Februar. Erst ein paar Monate später, am 8. Juni.

Und weshalb hatte ihre Großmutter all die Jahre ein Medaillon mit einem falschen Datum darin getragen? Seltsam. Und warum hatte Hendrikje nicht einfach das richtige Datum eingravieren lassen? Hatte sie das Herz etwa gebraucht gekauft? Morgen müsste sie sie als Erstes danach fragen.

Marit schlüpfte unter die Decke und schaltete die Nachttischlampe aus. Eigentlich war es ja egal, was in dem Medaillon stand, dachte sie. Ihre Großmutter hatte es immer getragen, und jetzt gehörte es ihr. Oma war tot, aber durch das Medaillon war sie ihr trotzdem ganz nahe. Morgen würde sie ein anderes Foto hineintun, eines von ihrer Großmutter.

Marit seufzte und schloss die Augen. Ein Durcheinander von Bildern schwirrte ihr durch den Kopf: der Sarg, der ins Grab hinabgelassen wurde, ihre Mutter mit der Geige, die Käsebrötchen, das Medaillon …

Emanuel, Kitty und Saartje Spier

»Wir sind hier ganz sicher richtig. Rachel sollte es ihrer Enkelin geben.«

Marit zuckte zusammen. Das Herz schlug ihr bis zum Hals. Hatte sie da Stimmen gehört? Träumte sie oder stritten sich da wirklich welche lautstark in ihrem Zimmer?

»Trotzdem stimmt hier was nicht, Emanuel«, maulte eine hohe Mädchenstimme. »Glaub mir. Jetzt, wo Rachel tot ist, funktioniert es nicht mehr, wer auch immer das hier ist.«

Es war Vollmond und unter dem Rollo hindurch fiel etwas Licht ins Zimmer. Langsam zeichneten sich die Umrisse von drei Kindern vor Marits Bett ab. Durchsichtig waren sie, grau wie Nebel, irgendwie leuchtend grau.

Vorsichtig, damit ihnen nicht auffiel, dass sie wach war, zog Marit die Bettdecke bis zur Nase hoch. Sie hatten noch nicht bemerkt, dass sie alles mitbekam, so sehr waren sie in ihr Gezanke vertieft.

Aber wer waren diese Kinder? Und vor allem, was

hatten sie um Himmels willen in ihrem Zimmer zu suchen?

Der größte der drei war ein schlaksiger Junge. Er sah etwas älter aus als sie selbst, vielleicht vierzehn. Sein Haar war glatt zur Seite gekämmt und er trug ein altmodisches Hemd und einen Pullover locker um die Schultern. Ihm gegenüber stand ein Mädchen mit dunklen Zöpfen. Auch sie war altmodisch angezogen: ein durchgeknöpftes Kleid und eine Strickjacke um die Schultern. Sie war etwa elf oder zwölf Jahre alt, schätzte Marit.

Ihre demonstrativ in die Seite gestemmten Arme machten deutlich, dass sie die Meinung des Jungen nicht teilte.

»Ehrlich, wir können genauso gut wieder gehen«, sagte sie.

Der Junge schnaubte verächtlich.

»Wenn es deiner Meinung nach nicht mehr funktioniert, dann erkläre mir doch mal, wie wir hier gelandet sind. Das ging doch genauso einfach wie sonst, oder?«

Trotzig hob das Mädchen die Schultern.

»Woher soll ich das denn wissen?«, sagte sie schnippisch. »Jedenfalls war Rachel immer wach, und die da schläft.« Ohne hinzusehen, zeigte sie zum Bett. Schnell schloss Marit die Augen. Ihr Herz schlug so laut wie ein Hammer auf einen Blecheimer. Das schienen die Kinder jedoch nicht zu hören, denn sie stritten einfach weiter. Vorsichtig öffnete Marit die Augen wieder und musterte das dritte Kind, das zwischen dem Jungen und dem Mädchen stand. Es war ein kleines Mädchen mit einem rundlichen Gesicht, noch ein Kleinkind. Es hielt sich am Kleid des großen Mädchens fest und nuckelte am Daumen, während es die Plakate der Popstars an der Wand betrachtete.

Mit angehaltenem Atem starrte Marit auf die drei. Sie standen auf halbem Weg zwischen ihrem Bett und der Zimmertür. Kurz zog sie es in Erwägung, aufzuspringen und sich in den Flur zu flüchten, doch etwas hielt sie davon ab. Die Kinder sahen eigentlich nicht furchterregend aus, nicht wie in einem Albtraum oder einem Horrorfilm, eher traurig und trotzdem irgendwie vertraut.

»Wer seid ihr?«, flüsterte sie.

Abrupt verstummten die Kinder und schauten wie auf frischer Tat ertappt zu Marit. Die wurde ganz blass. Jetzt, da die Kinder sie mit erschrockener Miene, ihren eingefallenen Wangen und den großen, weit aufgerissenen Augen direkt ansahen, waren sie ihr doch ein bisschen unheimlich.

»Was macht ihr hier?«

»Wusste ich's doch«, sagte der Junge zu dem Mädchen mit den Zöpfen. »Siehst du, sie kann uns sehen und hören.« Er zeigte auf Marit. »Glaub mir, sie ist es. Sie ist die Richtige!«

Während er Marit erfreut betrachtete, machte er drei große Schritte auf ihr Bett zu. Zögernd folgten ihm die beiden Mädchen.

Marit zog die Bettdecke weiter hoch, sodass nur noch ihre Augen herauslugten.

»Hallo«, sagte der Junge. »Ich bin Emanuel Spier, und das da …«, er zeigte neben sich, »… sind meine beiden Schwestern. Die große heißt Kitty und die kleine Saartje.«

Marit ließ den Blick über die drei Kinder wandern, die jetzt nur noch einen Meter von ihr entfernt waren. Trotz ihrer altmodischen, verschmutzten und hier und da eingerissenen Kleidung waren sie eigentlich gut angezogen. Sie sahen ein bisschen aus wie Kinder von früher, wie auf alten Fotos von Hendrikje.

»Wir suchen Rachel«, sagte Kitty.

»Nein«, sagte Emanuel. »Wir suchen Rachels Nachfolgerin. Rachel ist tot.«

Marit schlug die Bettdecke etwas zurück und schauderte. Es war fast, als würde das Mondlicht durch diese Kinder hindurchscheinen.

»Ich bin Marit«, sagte sie. »Wer ist Rachel?«

»Du musst ihre Enkelin sein«, sagte Emanuel. »In Brasilien hat sie uns erzählt, dass du ihre Aufgabe zu Ende bringen würdest. Und dass wir dich von selbst erkennen werden.«

»Ja«, flüsterte Kitty. »Du siehst ihr wirklich sehr ähnlich. Früher hatte sie genauso schönes Haar wie du.«

Marits Magen krampfte sich zu einem immer größer werdenden Knoten zusammen.

»Das kann nicht sein. Ich kenne überhaupt keine Rachel. Meine Oma hieß Johanna. Sie ist letzte Woche in Bra…« Sie stockte. »Wer seid ihr?«

34

Einen Augenblick blieb es still.

»Rachel ist letzte Woche gestorben. In Brasilien. Sie ist mit dem Flugzeug abgestürzt.«

Marit schlug die Hand vor den Mund.

»Das sagt dir etwas, oder?« Emanuel zeigte auf Marits Hals. »Rachel sagte, dass wir dich von selbst erkennen würden, an ihrem Medaillon. Du trägst es bestimmt, sonst wären wir nicht hier.«

Unwillkürlich tastete Marit nach dem Silberherz, das ihr plötzlich auf der Haut brannte.

»Darf ich es mal sehen?«, fragte Emanuel. Jetzt klang seine Stimme angespannt, fordernd. Sein entschlossener und erwartungsvoller Blick bohrte sich in ihre Augen.

Nervös versuchte Marit, den Verschluss im Nacken aufzunesteln, und zog das Schmuckstück hervor. Ein silberner Lichtfunke schoss durchs Zimmer, als Mondlicht auf das Medaillon fiel.

Die drei grauen Kinder warfen sich begeisterte Blicke zu.

»Von wem hast du das Medaillon bekommen?«, fragte Emanuel.

»Es hat meiner Oma gehört.«

»Dachte ich es mir doch. Mache es mal auf, steht etwas darin?«

Marit nickte erstaunt. Woher wusste er das?

»Ein paar unleserliche Zeichen«, sagte sie, nachdem sie das Medaillon geöffnet hatte. »Und ein Datum, schau mal: 18.2.43, aber das ist seltsam, weil meine Oma zwar 1943 geboren wurde, aber erst im Juni.«

35

Kitty knuffte ihren Bruder in die Seite.

»Rachel. 18. Februar 1943.«

Emanuel beugte sich über das offene Medaillon.

»Diese Zeichen«, sagte er, »das ist Jiddisch. Hebräisch. לחך steht für ›Rachel‹ und יח heißt ›Leben‹. Dieses Medaillon hat Rachel gehört.«

Saartje, die sich die ganze Zeit hinter Emanuel und Kitty versteckt hatte, stützte nun die Ellbogen auf der Matratze ab und strich verlegen über die Bettdecke.

»Ich finde dich lieb«, sagte sie und im selben Moment fing ihre Unterlippe zu zittern an.

»Meine kleine Schwester ist tot.«

Erschrocken blickte Marit von dem kleinen Mädchen zu Emanuel.

»Sie meint Rachel, unsere kleine Schwester«, sagte er leise.

Marit ächzte. »Ich verstehe kein Wort. Erst behauptet ihr, dass ich Rachels Enkelin bin, weil ich ihr Medaillon trage. Dabei heißt meine Oma Johanna. Und jetzt soll sie auf einmal eure kleine Schwester sein und außerdem tot.«

Hilflos sah sie Emanuel an.

»Ich will, dass ihr jetzt weggeht. Bitte.«

Emanuel nickte, beugte sich ein Stück vor und flüsterte: »Deine Oma hatte ein großes Geheimnis. Schau mal in ihrem Kleiderschrank nach. Dort steht eine Schachtel, die einiges erklären wird.«

Das Licht im Flur sprang an. Die Schlafzimmertür ging auf.

»Habe ich gerade jemanden reden gehört, Marit?«

Ihr Vater machte ihre Nachttischlampe an. Dort, wo eben noch die drei Kinder gestanden hatten, war jetzt niemand mehr. Verschwunden, in Luft aufgelöst.

Marit biss sich auf die Lippe. »Alles in Ordnung, Papa. Ich habe nur geträumt. Von Oma Fliegmaschine.«

»Für Salomon, 7 Jahre«

»Wo ist Hendrikje?«

Marit schleuderte ihre Schultasche in die Ecke.

Ihr Vater sah sie über seinen aufgeklappten Laptop hinweg an.

»Was für eine Begrüßung«, sagte er grinsend. »Wie wäre es mit: Wie war dein Tag, Papa?«

Marit streckte ihm die Zunge heraus.

»Ihre Tür ist abgeschlossen und die Vorhänge sind zugezogen.«

»Stimmt. Sie liegt im Bett, sie fühlt sich nicht wohl. Ich war nach dem Mittagessen kurz bei ihr. Sie hatte nichts gegessen und war ganz blass.«

Marit erschrak. Nach ihrer Großmutter würde doch jetzt nicht auch noch ihre Urgroßmutter …

»Mach dir keine Sorgen«, sagte ihr Vater. »Ich glaube, sie ist nach dieser harten Woche und der Beerdigung gestern einfach nur ein bisschen übermüdet. Ich habe sie ins Bett geschickt und ihr versprochen, heute Abend noch mit einem Zwieback für sie vorbeizukommen.«

Dann ertönte ein lautes »Pling« und er wandte sich wieder seinem Computer zu.

Marit schenkte sich etwas zu trinken ein. Hoffentlich war es wirklich nichts Ernstes. Eigentlich war Hendrikje ja nie krank. Trotzdem war es schade, dass sie jetzt nicht mit ihr reden konnte. In der Schule hatte sie den ganzen Tag an nichts anderes gedacht als an die drei Kinder neben ihrem Bett heute Nacht und an das Medaillon, das angeblich nicht ihrer Oma gehörte, sondern einer gewissen, Monate vor ihr geborenen Rachel. Und ihre Urgroßmutter war die Einzige, die ihr erklären konnte, was es damit auf sich hatte.

Egal, dann musste sie eben bis morgen warten.

»Du auch, Papa?«

Wieder blickte ihr Vater auf. Mit einer tiefen Denkfalte auf der Stirn, als wäre er mit den Gedanken schon wieder ganz woanders.

»Was hast du gesagt? Nein, danke. Ich habe noch Tee von heute Morgen.«

Er zeigte auf das immer noch halb volle riesige Glas, das er immer verwendete.

»Aber weißt du was? Nach dem Essen fahre ich noch kurz zu Johannas Haus und mache mich an den Papierkram. Willst du mitkommen?«

Marit nickte. Das war die Gelegenheit, sich auf die Suche nach der Schachtel zu machen, über die der Junge heute Nacht gesprochen hatte.

* * *

»Wenn du den Stapel Umzugskartons nimmst, schließe ich schon mal die Tür auf.«

Marit nickte und zog den flachen Stapel Kartons aus dem Kofferraum. Es dauerte einen Moment, bis es ihr gelungen war, diesen mit einer Hand zuzuschlagen.

Ihr Vater stand schon in der offenen Tür.

»Warte mal kurz, Marit. Dann hebe ich noch die Post vom Boden auf.«

Sie folgte ihrem Vater ins Haus und lehnte die zusammengelegten Kartons an den Küchentisch.

»Schau dir das mal an. Komisch!«

»Was denn?«

»Eine Postkarte von Johanna. Kommt doch glatt heute eine Karte von deiner Großmutter an, obwohl wir sie gestern beerdigt haben.« Ihr Vater lachte erstaunt. »Typisch!«

Marit nahm ihm die Karte aus den Händen. Auf der Vorderseite war ein aus großer Höhe aufgenommenes Foto des Urwalds. Ein Fluss schlängelte sich wie eine blaue Anakonda durch eine Explosion von Grün.

Amazonas, Brasilien, stand darauf. Sie drehte die Karte um. Die Rückseite war von oben bis unten mit Omas winziger Schnörkelschrift vollgekritzelt.

Marit schmunzelte. »Sie hat sich die Karte einfach selbst geschickt. Schau mal: ›An Johanna de Rijk‹. Merkwürdig!«

»Lies mal vor, was sie geschrieben hat.«

Marit konzentrierte sich auf die winzigen Buchstaben und las vor:

1268, 17. Februar 2013. Ich muss verrückt geworden sein.
Das ist das Absurdeste, was ich je getan habe. Kanu
fahren im Amazonas war fantastisch, meine indiani-
schen Führer haben mir Tierarten gezeigt, die in keinem
Buch vorkommen. Blaue Affen, gestreifte Krokodile. Und
mitten im Wald, nach stundenlanger Fahrt, war da
plötzlich dieses Dorf. Siebzehn Hütten und eine Lande-
piste. Wirklich, eine Landepiste! Und alle Dorfbewohner
standen da und haben mich erwartet. Die Kinder nackt
und herrlich braun, genau wie meine Führer. Ich habe
etwas zu essen bekommen - einen von diesen blauen Affen,
geröstet und mit einer Honigsauce übergossen. Köstlich!
Zu Hause muss ich das Rezept mal nachkochen, mit der
Nachbarskatze. Und dann ging es mit lautem Getöse ab in
die Luft. Diese Indianer nutzen sonst keinerlei Technik,
besitzen aber tatsächlich eine große, petroleumbetriebene
Seilwinde und drei wunderschöne Segelflieger. Seltsam,
Salomon, als müsste es so sein. Wir haben eine Runde über
einer der unwirtlichsten Gegenden der Welt gedreht und
sind sicher wieder gelandet. Und jetzt hat mir einer der
Führer versprochen, dass er mir gleich noch den Urwald
kopfüber zeigt. Indianische Kunstflieger, ha ha, ich glaube,
ich nehme erst noch ein bisschen von dem blauen Affen.

Marit sah ihren Vater an.

»Und danach ist sie abgestürzt, Papa.« Sie schluckte ihre Tränen hinunter, musste aber gleichzeitig ein bisschen lachen. Kurz vor ihrem Tod hatte ihre Großmutter also blauen Affen in Honigsoße gegessen und anschließend mit ein paar Indianern kopfüber in einem Segelflugzeug gehangen. Es gab gewöhnlichere Arten zu sterben!

Plötzlich fiel ihr Blick auf die rechte untere Ecke der Karte. *Für Salomon, 7 Jahre*, stand da.

»Weißt du, wer das ist?«

Ihr Vater sah sie grübelnd an. »Vielleicht der Enkel einer Freundin?«

»Aber warum hat sie die Karte dann nicht an ihn geschickt?«

Er zuckte die Schultern und ging ins Wohnzimmer.

»Deine Oma war immer für eine Überraschung gut, ich habe schon vor Ewigkeiten aufgegeben, sie verstehen zu wollen«, murmelte er. »Wie auch immer, ich bin wegen des Papierkrams da.« Er zog die Ordner einen nach dem anderen aus dem offenen Bücherschrank und breitete sie auf dem Küchentisch aus. »Alles muss gekündigt werden.«

Mit der Karte in der Hand blickte Marit auf die Fotowand. Obwohl sie ein schönes großes Haus hatte, war Oma eigentlich nie zu Hause gewesen. Am schönsten fand Marit die Wand mit den vielen Fotos, die die ganze Breite des Wohnzimmers einnahm. Hunderte, vielleicht sogar Tausende Fotos in den unterschiedlichsten Rahmen hatte Oma da an die Wand gehängt.

Wenn man ins Zimmer kam, hatte man für einen Moment das Gefühl, von dem Farbmosaik viereckige Augen zu bekommen, doch sobald man näher trat, erkannte man, dass jedes einzelne Bild wunderschön war.

Auf jedem war mindestens ein Kind zu sehen. Marit und Daan, der Nachbarsjunge, aber auch farbige Kinder, von hellbraun und dunkelgelb bis fast schwarz. Alles Kinder, die ihre Großmutter auf ihren vielen Reisen kennengelernt hatte.

Nachdenklich betrachtete Marit die Fotos. Ob *Salomon, 7 Jahre,* wohl auch dabei war?

»Ich gehe mal kurz nach oben, ja?«

Ihr Vater nickte abwesend.

Außer Fotos von Kindern hatte Oma auf ihren Reisen noch alle möglichen anderen Dinge gesammelt. Das ganze Treppenhaus hing voller Speere, Schilde und Masken. Als kleines Kind hatte Marit sich ein bisschen davor gefürchtet. Das hatte ihre Oma immer zum Lachen gebracht.

»Prima«, sagte sie dann. »Im Obergeschoss sind lauter Geheimnisse, so kommt wenigstens keiner auf die Idee, sie zu stehlen!«

Marit öffnete die Schlafzimmertür. Es fühlte sich seltsam an, hier zu sein. Wenn sie früher ihre Großmutter besucht hatte – selten genug, meistens war es umgekehrt –, hatten sie sich immer in die große Küche gesetzt oder nach draußen, auf die Veranda. Marit konnte sich nicht erinnern, wann sie zum letzten Mal im Schlafzimmer gewesen war.

Die zugezogenen Vorhänge ließen nur etwas rötliches Licht hinein, sodass das große Doppelbett rosa schimmerte.

Marit sah sich um.

Bett, Nachttisch, Schrank.

Kleiderschrank! Da musste es sein.

Sie öffnete das riesige Möbel.

Bis oben hin voll.

Marit schmunzelte. Ihre Großmutter war immer in einer Hose mit abnehmbaren Beinen und einer Tropenbluse herumgelaufen, wie eine Entdeckungsreisende um 1900. Zwei, drei Paar waren in ständiger Benutzung, mehr sicher nicht. Und dann ein solcher Schrank! Unmengen Kleider hingen darin, violette Kleider, lange Abendkleider mit Pailletten, orangefarbene Kleider, ultrakurze Kleider. Dann noch Tops, Pullis, Jeans.

Emanuel hatte von einer Schachtel im Kleiderschrank gesprochen. Aber wo? Mit gerunzelter Stirn betrachtete Marit den vollgestopften Schrank. Unglaublich. Als hätte ihre Großmutter nie aussortiert.

Sie schob die Hand zwischen zwei Hosenstapel. War etwas dahinter versteckt? Sie spürte nichts Festes, nur mehr Stoff.

Nachdenklich rieb sie sich die Nase. Nun gut, dann musste es eben sein. Sie umfasste die unterste Hose und zog den fest zusammengepressten Stapel zu sich heran. Erst rührte sich gar nichts, doch dann löste er sich mit einem Ruck. Marit legte den Stapel ordentlich an die Wand.

Sie hatte richtig geraten, hinter den Hosen lag ein weiterer Kleiderstapel. Einer mit Röcken, und dahinter die Schrankwand. Keine Schachtel.

Jetzt zog Marit wahllos hier und da Kleidung heraus, und schon bald lagen mehr Sachen auf dem Boden als im Schrank. Aber von einem Karton immer noch keine Spur. Nicht hinter den Unterhosen, nicht zwischen den Strümpfen.

Auch der Hängeteil des Schranks war gut gefüllt. Unmengen Kleider und darunter, auf einem Einlegeboden, bergeweise Hosen. Und dann entdeckte sie ihn. Hinter einem Stapel Faschingskostüme stand ein eingedellter grauer Karton. Ein Schuhkarton, aber ein großer, für schicke Stiefel. Er wurde von einem langen, kräftigen Gummiband zusammengehalten.

Marit schnappte nach Luft. Der Junge von heute Nacht hatte also recht gehabt, da war wirklich eine Schachtel.

Sie zog sie zu sich heran. Die Schachtel war schwer. Vorsichtig hob sie sie hoch und legte sie aufs Bett.

Eine Schachtel voller Geheimnisse

»So«, sagte Marit, als sie mit dem Karton vor sich im Schneidersitz auf dem großen Bett saß. »Dann verrate mir mal deine Geheimnisse.« Sie streifte das Gummiband ab und hob den Deckel von der Schachtel.

»Wow«, murmelte sie überrascht. Was sie erwartet hatte, wusste sie nicht, aber darauf wäre sie nicht gekommen.

Die Schachtel war bis oben hin voll mit bunten, zu acht fast gleich hohen, unordentlichen Stapeln aufgetürmten Postkarten.

Marit nahm eine Handvoll Karten von einem der Stapel und sah sich das Foto der obersten an. Drei Löwen, die faul im blassorangen Gras der Savanne lagen.

KENIA.

Sie drehte die Karte um, atmete hörbar aus. Diese Karte war, genau wie die, die sie gerade im unteren Stockwerk gefunden hatten, an ihre Großmutter gerichtet, und auch auf dieser stand in winziger Schrift eine Geschichte mit Bleistift geschrieben. Marit führte die Karte näher ans Gesicht. Omas Miniatur-Buchstaben, unverkennbar.

1002, las sie. *23. Mai 1993. Auf Löwenjagd. Zusammen mit dem Ranger im Jeep auf der Suche nach Elefanten, Büffeln, Nashörnern und Löwen. Und wir haben wirklich welche gefunden! Natürlich haben wir sie nicht geschossen, dafür aber viele Fotos gemacht.*

Rechts unten in der Ecke stand:

Für Bernhard, 8 Jahre

Auf der Postkarte war keine Briefmarke. Anscheinend hatte Oma diese Karte nie verschickt.

Dann hat dieser Bernhard also gar nichts davon gehabt, dachte Marit. 1993 – das war zwanzig Jahre her, der Junge war inzwischen also fast dreißig.

Marit blätterte den Stapel in ihren Händen durch. Die Karten kamen aus aller Welt. Honolulu, New York, Bratislava, aber auch aus der näheren Umgebung: 's Hertogenbosch, Eindhoven, Arnhem. Auf allen Karten stand links oben eine Nummer, gefolgt von einem Datum, und darunter eine Geschichte, und rechts unten in der Ecke waren ein Name und eine Altersangabe, und keine der Karten war frankiert.

»Was ist das denn?« Aus einem anderen Stapel zog Marit eine Karte, auf der ein kleiner Junge und ein kleines Mädchen mit ganz viel Spielzeug abgebildet waren. FROHES NEUES JAHR, stand darunter, und zwischen den Köpfen der Kinder war ein Herz aufgemalt.

»Das ist Kittys Karte«, sagte eine Stimme neben ihr.

Erschrocken drehte Marit sich zur Seite. Da war er wieder, der schlaksige Junge mit dem Pullover um die Schultern. Emanuel. Allein diesmal, ohne seine Schwestern. Ihr Herz schlug ihr wieder bis zum Hals. Wo kam der denn plötzlich her?

»Lies mal, was draufsteht.« Emanuel bedeutete ihr, die Karte umzudrehen, als wäre es die normalste Sache der Welt, dass er plötzlich neben ihr auf dem Bett saß.

Marit drehte die Karte um.

7, 14. September 1957. Mein erster Kuss!!! Mit Barend van Vliet, dem Nachbarsjungen. Er ist schon 17. Küssen ist spannend, sehr schön und vor allem nass. Der erste Kuss war für dich, Kitty, aber den zweiten behalte ich für mich. Gerecht geteilt!

Marit schaute rasch zur rechten unteren Ecke.

Für meine große Schwester, Kitty Spier, 12 Jahre

Sie sah Emanuel an.

»Kitty ist also wirklich Omas große Schwester? Und du …?«

Emanuel nickte.

»Wie geht das denn?« Und dann, kichernd: »Küssen?«

Ein Lächeln erhellte Emanuels Gesicht. »Als Rachel sie fragte, was sie wirklich gerne noch gemacht hätte, sagte sie: Küssen. So richtiges Küssen, wie die Mädchen das immer wollen.« Er verzog angewidert das Gesicht. »Aber mein Vater hat sie nie auch nur in die Nähe eines Jungen gelassen. Also hat Rachel es später für sie getan, weil sie es nämlich auch ganz spannend fand.« Er schüttelte den Kopf. »Mädchen!«

»Ich verstehe überhaupt nichts«, seufzte Marit, die einen Stapel Postkarten in jeder Hand hielt. »Wer sind denn all diese Kinder? Und warum hat Oma die Karten gesammelt, statt sie ihnen einfach zu schicken?«

Emanuel malte das Kreismotiv auf der Bettdecke mit dem Finger nach.

»Sie konnte sie nicht verschicken«, sagte er. »Keine Karte wäre je angekommen.« Und dann, ganz leise: »Rachel hat uns unsere Wünsche erfüllt. Alle. Einen nach dem anderen.«

Verständnislos schüttelte Marit den Kopf. »Was für Wünsche? Warum? Und wenn sie die Kinder kannte, dann wusste sie doch auch, wo sie wohnen?«

Emanuel blickte sie unverwandt an, mit Augen wie große schwarze Tümpel. Marit fühlte sich unbehaglich. Versteh doch endlich, schienen diese Augen zu sagen. Doch sie verstand überhaupt nichts.

»Kommst du mit, Marit?« Die Stimme ihres Vaters schallte durchs Treppenhaus. »Die wichtigsten Ordner sind schon hinten im Auto, die sehe ich mir später noch mal genauer an.«

Marit schrak auf. Sie hatte ihren Vater ganz vergessen. Neben ihr löste sich Emanuel langsam auf.

»Ich komme wieder und erkläre es dir«, flüsterte er. »Bald. Aber sieh dir schon mal Rachels Wunschbuch an, es ist bestimmt in der Schachtel.«

Und weg war er.

»Ich komme!«, rief Marit. Schnell schob sie die Karten, die sie herausgenommen hatte, wieder zusammen, stopfte sie in den Karton, drückte den Deckel darauf und legte das Gummiband drum herum. Sie schnappte sich eine große Plastiktasche, die sie vorhin im Schrank gesehen hatte, und legte die Schachtel hinein. Dann räumte sie rasch Omas Kleider zurück.

Einen Augenblick blieb sie unentschlossen stehen. Diesen großen Karton wollte sie ihrem Vater lieber noch nicht zeigen. Erst wollte sie herausfinden, was eigentlich genau drin war. Aber wie sollte sie ihn ungesehen mitnehmen?

Ihr Problem löste sich von selbst. Als Marit die Treppe hinunterkam, lief ihr Vater gerade durch den Flur.

»Setz dich schon mal ins Auto, ich schaue noch kurz nach, ob die Tür zum Garten gut abgeschlossen ist.«

Das Wunschbuch

Als sie auf den Hof einbogen, brannte bei Hendrikje Licht.

»Du hattest doch versprochen, noch bei ihr vorbeizuschauen, oder, Papa?«, sagte Marit. »Dann lade ich solange das Auto aus und mache mich gleich an die Hausaufgaben. Ich habe morgen eine wichtige Mathearbeit.«

Ihr Vater blickte sie kurz erstaunt an. »Wenn du von selber anbietest, das Auto auszuladen *und* deine Hausaufgaben zu machen, kann ich natürlich nicht Nein sagen!«

Marit grinste. Einen solchen Vorschlag würde sie sonst tatsächlich nicht machen, aber es diente ja einem guten Zweck. Während ihr Vater bei Hendrikje anklopfte, nahm Marit als Erstes die Plastiktasche mit der Schachtel aus dem Kofferraum und stellte sie unten an die Treppe. Anschließend rannte sie zurück, holte die Ordner hinten aus dem Auto, pfefferte sie auf den Küchentisch, warf ihre Jacke über den Garderobenhaken und rannte mit der Tasche in der Hand in ihr Zimmer hinauf.

Jetzt war der Moment gekommen herauszufinden,

was in dem Buch stand, von dem Emanuel gesprochen hatte. Und eigentlich wollte sie auch alle anderen Karten lesen.

Als sie die Schachtel öffnete, sah sie, dass die Karten bei der Autofahrt völlig durcheinandergeraten waren. Sie türmte sie erneut zu Stapeln auf und baute diese auf ihrem Schreibtisch um den Computer auf.

Als sie den fünften Haufen aus der Schachtel nahm, spürte sie, dass er nicht nur Karten enthielt. Mittendrin steckte ein schwarzes Notizbuch, das ein bisschen kleiner war als die Postkarten.

Marit zog das Buch hervor. Es hatte einen festen Einband, aus dem ein ausgefranstes Bändchen lugte, und wurde von zwei gekreuzten Gummibändern zusammengehalten.

1956 stand in silbernen Zahlen auf dem vorderen Deckel. Marit lächelte. Das musste es sein!

Sie ließ sich aufs Bett fallen, löste vorsichtig die Gummibänder und schlug das Notizbuch auf.

Rachels Tagebuch

8. Juni 1956

Bis gestern Abend war ich einfach nur Johanna de Rijk. Seit heute bin ich (auch) Rachel Spier.

~~Meine Mutter~~ Hendrikje hat mir vorhin erzählt, wer ich ~~wirklich~~ bin.

Ich kann es kaum glauben.

R
a
c
J o h a n n a
e
l

Marit starrte vor sich hin. Emanuel, Kitty und Saartje hatten recht, sie war es also wirklich. Ihre Großmutter Johanna und Rachel waren ein und dieselbe Person. Hier stand es schwarz auf weiß, von ihrer Großmutter selbst geschrieben.

»Schön, nicht, dieses Namenskreuz?« Emanuel saß neben ihr auf dem Bett.

Diesmal erschrak sie nicht vor dem wieder wie aus dem Nichts aufgetauchten Jungen. Oder besser gesagt, sie hatte ihn mehr oder weniger erwartet.

»Zuerst hat sie ›Johanna‹ hingeschrieben und dann Rachel, von oben nach unten«, sagte Emanuel und malte es mit dem Finger nach. »Kitty und Saartje hat es so am besten gefallen, aber ich fand, dass es andersrum sein müsste. Schließlich hieß sie am Anfang Rachel und erst später Johanna.«

»Aber wieso?«, platzte Marit heraus. »Hier steht es, das sehe ich, aber ich verstehe es überhaupt nicht. Warum erzählst du es mir nicht einfach?«

Emanuel wich ein Stück zurück.

»Puh«, sagte er lachend. »Wenn du dich so aufregst, bist du genau wie Kitty.«

Marit schnaubte und blätterte weiter.

18. Februar 1957

Es hat eine Weile gedauert, bis ich es einigermaßen
kapiert habe, aber jetzt weiß ich, was damals, im
Jahr 1943, passiert ist, und ich weiß auch, was ich jetzt
tun muss.

Am 6. und 7. Juni 1943 sind fast 1300 jüdische Kinder aus
dem Lager Vught nach Westerbork gebracht worden. Die
meisten wurden am 8. Juni in einem langen Zug aus
lauter Viehwaggons nach Sobibor weitertransportiert. Sie
sind nie zurückgekehrt. 1269 Kinder.
 Meine großen Schwestern Kitty und Saartje und mein
Bruder Emanuel waren auch dabei. Ich war am 8. Juni
erst ein paar Monate alt und habe sie nie wirklich gekannt.

Eigentlich sollte ich ebenfalls in dem Zug sein, aber er ist
ohne mich losgefahren.
 Ich lebe, und sie sind gestorben: Fast 1300 Kindern
ist ihre Zukunft genommen worden. Die Träume, die sie
für später hatten, sind zerplatzt. Aber mich gibt es noch
und dank Emanuel kenne ich ihre Wünsche für die
Zukunft. Und ich werde sie an ihrer Stelle erfüllen. Alle-
samt, einen nach dem anderen.

»War Oma eine Jüdin?« Bestürzt sah Marit Emanuel an. »Eine Jüdin?«

Emanuel band die Ärmel des Pullovers, den er sich um den Hals gelegt hatte, los. Ein großer gelber Stern prangte auf der rechten Brusttasche seines Hemdes. JUDE stand da in eckigen Buchstaben.

Im ersten Moment wusste Marit nicht, was sie davon halten sollte. »Und Hendrikje? Dann muss sie doch auch jüdisch sein?«

Emanuel band den Pullover wieder sorgfältig vor den Stern.

Gereizt biss sich Marit auf die Lippen. Warum wusste sie das alles nicht? Ihre Urgroßmutter müsste ihr einiges erklären.

»Und Sobibor«, fuhr sie grübelnd fort. »Das war doch so ein Konzentrationslager wie Auschwitz, wo die Nazis Menschen vergast haben?« Sie blickte zur Seite.

Der Junge neben ihr tat so, als wäre er nicht da, starrte ein bisschen grimmig auf das Poster über ihrem Schreibtisch.

»Du bist also wirklich tot? Genau wie Kitty und Saartje?«, fragte sie. Und schlug gleich darauf die Hand vor den Mund. »Entschuldigung, ich meine … Ich wollte dich nicht verletzen.«

Tausend Fragen schwirrten ihr durch den Kopf, doch sie wagte nicht, sie zu stellen. Es war ein merkwürdiges Gefühl, hier neben einem Jungen zu sitzen, der eigentlich gar nicht mehr existierte, der vor fast siebzig Jahren ermordet worden war und durch den sie fast hindurchschauen konnte. Emanuel wusste offenbar auch nicht, wie er sich verhalten sollte. Er schaute plötzlich mit übertriebenem Interesse auf den Bildschirmschoner ihres Computers. Kreise, die sich umeinander drehten, zu Vierecken wurden und immer wieder eine andere Farbe annahmen.

Verlegen blätterte Marit weiter. Sie sah, dass in dem Buch lauter Namen standen und hinter den Namen jeweils eine Altersangabe und ein in ein paar Worten zusammengefasster Wunsch aufgelistet waren.

Frederica Loeza, 9 Jahre	*Nach Amerika*
	(mit dem Flugzeug)
Hester Jas, 5 Jahre	*Groß werden*
Jacob Schuit, 11 Jahre	*Abenteuer erleben*
Jacques Valensa, 14 Jahre	*Studieren (in Leiden)*
Jetty Loonstijn, 5 Monate	*Eine größere Rassel*
Max de Jong, 13 Jahre	*Beim Seifenkistenrennen*
	gewinnen
Sellina Swaalep, 10 Jahre	*Jerusalem sehen*

Und so weiter, eine Seite nach der anderen. Ein Name, das Alter des jeweiligen Kindes und sein Wunsch. Und hinter jedem Wunsch, wie Marit beim Blättern sah, waren ein schöner Schnörkel, eine Zahl und ein Datum.

3, 8. Juni 1957 stand hinter

Marit sprang auf, ging zum Schreibtisch und suchte nach dem Stapel, aus dem sie gerade Omas Kusskarte gezogen hatte. Stimmte ihre Vermutung? Sie blätterte die Postkarten durch: 18, 17, 16, 14 – wo war die 15? –, 13, 11, 9, 8, 6, 5. Ja, hier, die 3. Sie drehte die Karte um und wieder zurück.

Eine schwarz-weiße Tortenkarte.

3, 8. Juni 1957. Heute bin ich vierzehn geworden – eigentlich vierzehn Jahre, drei Monate und einundzwanzig Tage – und habe wie ein kleines Mädchen um echte Kerzen auf meinem Geburtstagskuchen gebeten. Damit hat Hendrikje eindeutig nicht gerechnet, aber aus irgendeiner Schublade hat sie noch exakt vier Kerzen gefischt. Das hat doch gut gepasst, oder, Levie? Ich habe also gepustet, aber die Kerzen wollten nie alle auf einmal ausgehen. Jedes Mal blieb noch eine an, und dann habe ich gesagt, dass alle wieder angezündet werden müssen. Meine Opas fanden das sehr witzig. Zum Schluss haben sie mit mir gepustet, und dann hat es geklappt. Alle Kerzen auf einmal (beim vierzehnten Anlauf)!

Für Levie de Lange, 4 Jahre

Mit der Karte in der Hand starrte Marit vor sich hin. Ihre Großmutter hatte an ihrem vierzehnten Geburtstag

Kerzen ausgepustet, um einem ermordeten vierjährigen Kind eine Freude zu machen. Und bald darauf hatte sie einen Jungen geküsst, weil ihre große Schwester nie die Gelegenheit dazu bekommen hatte.

Sie sah Emanuel an, der jetzt neben ihr stand und ihr aufgeschlagenes Mathebuch betrachtete.

Sonderbar war es. Sonderbar und schrecklich.

Sie trat an ihr Bett und setzte sich auf die Kante. Konzentriert blätterte sie das Buch erneut durch.

All diese Wünsche hatte ihre Großmutter verwirklicht.

Es waren viele Kleinigkeiten dabei, zum Beispiel *Selbst Schnürsenkel binden* und auch witzige Sachen wie *Als Clown auftreten* und *Opa beim Armdrücken besiegen.*

Plötzlich fiel ihr Blick auf

Louise de Swarte, 8 Jahre   *In einem weißen Kleid heiraten*

Und dahinter *178, 21. August 1965.*

Marit schnappte nach Luft. So weit wäre ihre Großmutter doch wohl nicht gegangen! Sie stürzte wieder zum Schreibtisch und kramte in den Postkarten herum, bis sie den Stapel mit dem Jahr 1965 fand.

168, 169, 176, und da, tatsächlich, 178. Keine gewöhnliche Postkarte diesmal, sondern ein echtes Hochzeitsfoto. Ihre Oma, noch ganz jung, die in einem schicken weißen Brautkleid und mit einem weißen Haarnetz fast wütend in die Kamera sah. Neben ihr ein großer, dünner Mann in einem schwarzen Anzug. Verliebt blickte er auf die junge Frau an seinem Arm.

Wie gebannt betrachtete Marit das Foto. Dieser ernste junge Mann musste Opa Henkes sein! Tatsächlich hatte er eine entfernte Ähnlichkeit mit dem kahl werdenden Mann in den Vierzigern auf dem Foto, das auf dem Frisiertisch ihrer Mutter stand.

Sie drehte die Karte um.

178, 21. August 1965. In Weiß geheiratet. Es fühlt sich sehr komisch an, Louise, das kannst du mir glauben. Alle schauen einen die ganze Zeit an - das geht auch gar nicht anders, in so einem Kleid. In der Kirche war es kalt und der Pfarrer konnte kein Ende finden. Eigentlich habe ich mich nicht getraut, »Ja« zu sagen. »Treue, bis dass der Tod euch scheidet«, so nannte der Pfarrer das. Ich bin mir nicht sicher, ob ich das kann, also habe ich nur ganz leise »Ja« gesagt. Henkes nicht. Laut und deutlich hat er geantwortet, genauso laut und deutlich wie alles andere, was er macht. Ganz schön langweilig.

Aber es war ein schönes Fest. Tanzen und trinken, trinken und tanzen und danach die Hochzeitsnacht. Die hätte ich, ehrlich gesagt, keinem von euch gewünscht, aber ich konnte Henkes schließlich nicht enttäuschen, oder?

Für Louise de Swarte, 8 Jahre

Opa Henkes.

Marit hatte ihre Mutter oft nach deren Vater gefragt. Ihr Opa sei tot, hieß es dann, aber das meinte sie
gar nicht. Sie wusste, dass ihre Großmutter schon ewig
geschieden war, aber über ihren Exmann wurde nie gere-
det. Opa Henkes sei Hausarzt gewesen, hatte ihr Vater
einmal erzählt. Ein lieber, grundsolider Mann. Er hatte
Oma in Leiden kennengelernt, als sie beide dort studier-
ten, und sich unsterblich in sie verliebt. Sein größter
Wunsch war es, den Rest seines Lebens mit ihr zu verbringen. Johanna war auch ganz angetan von ihm, also
heirateten sie. Oma sei noch jung gewesen, 22 erst, aber
damals schon rastlos, erzählte ihr Vater. Sie wollte die
Welt sehen und nicht brav zu Hause sitzen und warten,
bis wieder ein Patient für den Herrn Doktor klingelte.
Und so hätten sie sich schließlich getrennt, als Eva zwei
Jahre alt war.

Marit erinnerte sich noch, dass ihre Mutter, die
zufällig zu Hause war, scharf gesagt hatte: »Nichts da,
getrennt! Meine Mutter ist einfach abgehauen, jahrelang
ins Ausland.«

Weil Opa Henkes eine gut gehende Praxis hatte und
Kleinkinder nichts in Gruften oder Urwäldern zu suchen
hatten, wurde die kleine Eva bei ihrer Oma Hendrikje
untergebracht. Zehn Jahre später starb Evas Vater, einfach so, bums, tot, und Eva …

Eva! Oma hatte doch wohl kein Kind bekommen,
um … Schnell rechnete Marit weiter. Ihre Mutter war
46, also war sie 1967 geboren, zwei Jahre nach der

Hochzeit. Hastig blätterte sie durch den Stapel, aus dem sie gerade das Hochzeitsfoto genommen hatte.

Ganz unten fand sie, wonach sie suchte: eine Geburtsanzeige. Ein niedliches Baby, das in einer hübsch aufgemachten Wiege unter einer rosa Decke schlief.

EVA stand unter dem Bild.

Marit rang nach Atem. Die Geburtskarte ihrer Mutter. Sie kannte sie schon, aber wenn sie auch in dieser Schachtel hier steckte, hieß das vielleicht …?

Sie drehte die Karte um. WIR FREUEN UNS SEHR ÜBER DIE GEBURT UNSERER TOCHTER, stand darauf, und die ganze Karte war in Omas Kritzelschrift vollgeschrieben, aber sie war nicht durchnummeriert. Irgendwie war Marit erleichtert.

13. April 1967. Wir haben eine bildhübsche Tochter bekommen. Henkes und ich haben sie Eva genannt, nach der ersten Frau auf Erden. Und eigentlich ist unsere Eva wirklich die erste. Die erste einer neuen Generation, der erste Spross der uralten Familie Spier.

Schwanger zu sein ist schön, abgesehen von der Übelkeit am Morgen. Ich bin immer runder geworden und immer mehr Leute haben alles Mögliche für mich gemacht. Zum Schluss hat sogar einer meiner Professoren nach der Vorlesung für mich den Notizblock in meine Tasche geräumt. Ich solle in meinem Zustand nicht bei ihm im Unterricht sitzen, sagte er. Meine Schwangerschaft brachte ihn sichtlich aus dem Konzept, genauso wie die meisten meiner Kommilitonen.

Die Geburt war hart. Ich wusste ja, dass es wehtun würde, aber so sehr? Und es hörte einfach nicht auf. Bis ich schließlich laut rief: »Hey, du da, Kleines, hallo! Kommst du noch raus?« Und dann ist sie fast von selber rausgepurzelt. So etwas hatte Henkes noch nie erlebt, sagte er.

Es war fantastisch, als ich sie auf den Bauch gelegt bekam, und erst recht, als ich sie stillen durfte. Trotzdem mache ich mir Sorgen. Wie soll es jetzt mit den Wünschen weitergehen? Henkes hat seine Praxis und ich kann hier nicht mehr weg ...

Für Hitler, weil es ihm nicht gelungen ist, uns zu vernichten.
Eva ist der schönste Beweis dafür!

»Das war die Rache deiner Großmutter«, sagte Emanuel leise. »Ein Kind zu bekommen und uns unsere Wünsche zu erfüllen. Sie wollte immer wieder beweisen, dass es Hitler nicht gelungen war. Nicht, alle Juden zu vernichten, und auch nicht, dass wir vergessen werden, als hätte es uns nie gegeben.«

Ein Stern für jeden

Marit ging es nicht gut. Ihr Bauch rumorte und in ihrem Kopf pochte es. Sie hatte nie wirklich verstanden, warum ihre Mutter und ihre Großmutter wie Hund und Katze waren, doch jetzt, da sie diese Karten gelesen hatte, dämmerte es ihr. Arme Mama. Oma hatte für über tausend Kinder gelebt, deshalb aber eigentlich nie Zeit für ihr eigenes Leben und das ihrer Tochter gehabt.

Sie trug die Stapel vom Schreibtisch zu ihrem Bett und stellte die Schachtel auf den Kopf, um die letzten Postkarten herauszubekommen. Mit einer ausladenden Geste schob sie die Karten an den Rand und setzte sich selbst im Schneidersitz in die Mitte. Dann fing sie an zu lesen, eine Postkarte nach der anderen.

Oft musste sie kichern. Die Erzählweise ihrer Großmutter war sehr witzig. Aber dann fielen ihr Emanuels Worte wieder ein. Jede Postkarte stand für *ein* Kind. Für *einen* Wunsch, für *eine* verlorene Zukunft.

Marit griff nach dem Buch. Wie viele Wünsche wohl darin standen? 1269 Kinder waren nie zurückgekehrt. Hieß das, dass es 1269 Wünsche waren?

»Ist sie eigentlich fertig geworden?«, fragte sie.

Emanuel, der sich in den Sitzsack in der Ecke hatte fallen lassen, schien sie nicht zu hören. Wie gebannt starrte er auf das Handy auf dem Tisch, das ständig aufleuchtete und »Pling« machte, wenn eine neue Nachricht kam.

»Margje99 ist schon mit Erdkunde fertig«, las er vor. »Und ob du schon Mathe gelernt hast?«

Marit kicherte. »Das habe ich nicht gemeint. Meine Oma, war sie schon fertig?«

Emanuel schüttelte den Kopf.

»Ein Wunsch war übrig. Einer!«

»Welcher?«

Unvermittelt zuckte Emanuel desinteressiert, ja sogar gereizt die Schultern.

»Es ist *dein* Buch.«

»Pling.«

»Hm, Mathe ist echt ganz schön schwer, schreibt Margje99.«

* * *

Emanuel fand das Handy anscheinend großartig. Bei jedem »Pling« las er die Nachricht vor.

»Wer kommt denn auf so eine Idee!«, sagte er lachend, als Margje99 schrieb: »Hallo, Marit, schläfst du schon oder was ist mit dir los? Antworte mir jetzt! Sofort!«

»Das ist wirklich toll. Wenn ich früher mit meinen

Freunden sprechen wollte, musste ich zu ihnen gehen, aus dem Haus.«

Marit starrte Emanuel an. Plötzlich wurde ihr klar, dass er, wenn er noch leben würde, weit über achtzig wäre.

»Darf ich dich was fragen?«, sagte sie zögernd.

Emanuel sah sie an, als hätte er Angst vor dem, was jetzt käme, und nickte dann.

»Wie waren sie? Deine Eltern, meine ich, und Kitty. Und Saartje. Wenn meine Oma eure Schwester ist oder besser gesagt, war, dann sind wir miteinander verwandt, oder? Und ich weiß gar nichts von ihnen.«

Emanuel lachte leise. »Du hast recht. Ich bin dein Großonkel Emanuel.« Und dann, wieder ernst: »Ich hatte tolle Eltern. Mein Vater war groß und stark, meine Mutter vor allem lieb. Wir haben mitten in Amsterdam gewohnt, im jüdischen Viertel. Mein Vater hat als Diamantenschleifer gearbeitet und meine Mutter hat zu Hause Kindern aus der Nachbarschaft Musikunterricht gegeben. Sie hat Geige gespielt.«

»Geige?«, fragte Marit erstaunt. »Das ist ja witzig, meine Mutter auch. Meine Großmutter hat immer gesagt, es liegt in der Familie, und ich habe es nie verstanden, weil sie selbst gekrächzt hat wie eine Krähe, wenn sie im Radio mitgesungen hat.«

»Sie hat fantastisch Geige gespielt«, sagte Emanuel. Einen Augenblick starrte er ins Nichts, als wäre er weit weg, in einer anderen Zeit, und würde seine Mutter wieder spielen hören. »Vor meiner Geburt war sie bei einem berühmten Orchester. Danach ging es nicht mehr, also hat sie Unterricht gegeben. So konnte sie immer für uns da sein, vor allem, als einige Jahre nach Kitty Saartje kam und mitten im Krieg dann Rachel.«

Er seufzte. »Bei Rachels Geburt war schon alles anders geworden. Zu Beginn des Krieges haben wir die Nazis kaum bemerkt, dabei machten furchtbare Geschichten die Runde, über Juden, die aus Deutschland geflohen waren, weil ihre Läden und Häuser mit Hakenkreuzen beschmiert und später sogar geplündert worden waren. Über Menschen, die misshandelt, ermordet oder in eigens dafür errichteten Lagern gefangen waren. Bei uns in der Straße wohnten einige dieser deutschen Juden. Sie sagten, hier würde es noch gehen, aber das sei in Deutschland am Anfang auch so gewesen. Und sie sollten recht behalten. 1941, nach den Sommerferien, durften wir plötzlich nicht mehr zur Schule gehen, weil wir Juden waren.«

Emanuel nagte an seiner Lippe und holte aus, um mit der Faust auf eine hochstehende Ecke des Sitzsacks einzudreschen.

»Ich fand es schrecklich, weil ich an der Gewerbeschule in die zweite Klasse für Automobilhersteller gehen sollte. Ich wollte unheimlich gern Automechaniker werden. Und Rennfahrer.«

Marit staunte. Rennfahrer? Das war wirklich etwas Besonderes.

»Es war so ungerecht«, fuhr Emanuel fort. »Wir waren nicht besonders gläubig – Vater hatte an Schabbat immer frei und beim Chanukkafest haben wir zu Hause Kerzen angezündet und Latkes gegessen, weiter nichts. Aber das war den Deutschen ganz egal: Wer beim Meldeamt als Jude eingeschrieben war, war Jude, und damit hatte sich das.

Meine Eltern hatten viele nichtjüdische Freunde, ich auch – in der Schule und im Fußballverein. Die haben erst gemerkt, dass wir Juden sind, als wir uns noch innerhalb unseres Stadtviertels frei bewegen durften und schließlich sogar diesen scheußlichen Stern tragen mussten.«

Er zeigte auf den Stern an seiner Brust. »Ich wollte ihn nicht tragen, musste es aber tun, sonst hätte man mich verhaften können. Und ab diesem Moment benahmen sich alle anders. Als hätten wir eine ansteckende Krankheit oder so. Leute, die sonst immer freundlich gegrüßt hatten, sogar manche guten Freunde, gingen plötzlich schnell und wortlos an uns vorbei. Sehr merkwürdig, als wären wir wegen dieses gelben Sterns auf einmal gefährlich.«

Emanuel verstummte. Marit sah ihn gespannt an. Aus seinen Augen schoss Feuer und er verpasste dem Sitzsack mit einer heftigen Geste erneut einen Hieb. Er biss die Zähne zusammen und atmete tief ein.

»Nun ja«, fuhr er fort. »Kitty und ich durften an eine andere Schule gehen, eine jüdische Schule, aber es war vollkommen klar, dass sie uns auf dem Kieker hatten. Wir hörten von Leuten, die sich bei der Hollandse Schouwburg zur Deportation melden sollten, und manchmal sperrten die Nazis ganze Straßenzüge ab und nahmen alle Juden, die dort wohnten, mit. Sie sagten, dass die Leute in Deutschland oder in Polen arbeiten sollten, aber ich habe selbst einmal so eine Versammlung gesehen. Da waren lauter Alte dabei, eine Einarmige und sehr viele kleine Kinder.

Wir hatten lange Glück. Vielleicht, weil mein Vater Diamantenschleifer war und niemand diese Arbeit hätte übernehmen können, oder weil meine Mutter hochschwanger war.

Als Rachel geboren wurde, haben wir uns alle riesig gefreut, aber gleichzeitig war es sehr traurig. Die Hälfte unserer Verwandten konnte meine Mutter nicht am Wochenbett besuchen, weil sie alle schon weg waren, in Westerbork oder noch weiter. Und dann, im März 1943, waren wir an der Reihe. Mutter hat geweint, als sie den Brief las, Vater hat laut geflucht, und ich durfte ihn auch lesen. Eigentlich stand nicht so viel drin. Dass wir uns bei der Hollandse Schouwburg melden sollten, darauf lief es hinaus. Und dass wir uns strafbar machten, wenn wir nicht kämen, und uns dann was blühen würde.«

Marit schlug die Hand vor den Mund. »Und dann?«, flüsterte sie. »Seid ihr wirklich hingegangen?«

Emanuel seufzte. »Meine Mutter wollte untertauchen, wie einige unserer Bekannten es getan hatten. Doch mein Vater sagte, die wären mittlerweile alle erwischt worden und zur Strafe direkt in Lager in den Osten gekommen. Wenn wir uns versteckten und man uns dann verhaftete, sagte er, würde es uns garantiert nicht gut ergehen. Wenn wir uns aber brav meldeten, hätten wir noch eine Chance, in den Niederlanden zu bleiben. Er hatte gehört, dass schon mehrere Schleifer mit ihrer Familie nach Vught geschickt worden waren. Das war auch ein Judenlager, aber von dort fuhren keine Züge Richtung Osten, wie aus Westerbork zum Beispiel. Also gingen wir mit so vielen Sachen, wie wir nur tragen konnten, zum Schauspielhaus.«

Emanuel fuhr sich durchs Haar. »Und tatsächlich kamen wir nach Vught, schon am nächsten Morgen. Im Zug saßen etliche Kollegen meines Vaters und viele Leute, die in Bekleidungsfabriken arbeiteten. Anscheinend brauchten die Nazis sie. Und das war schön, weil wir schon Leute im Zug kannten.

Vom Bahnhof in Vught mussten wir zu Fuß gehen, fast eine Stunde lang, und dann stand da mitten im Wald plötzlich dieses Lager. Stacheldraht, Wachtürme und viele Baracken, so ähnlich wie Scheunen. Und ein höllischer Lärm.

Kaum waren wir im Lager, wurden wir von den Aufsehern getrennt. Saartje und Rachel durften zusammen mit meiner Mutter in eine Frauenbaracke. Kitty und ich mussten zu den Kinderbaracken, sie zu der für Mädchen zwischen zehn und zwölf, ich zu der für über zwölfjährige Jungen. Und alles, was wir mitgenommen hatten, mussten wir zurücklassen. Sie trennten uns auch von unserem Vater.«

Emanuel schluckte.

»Er musste noch am selben Abend nach Moerdijk. Ein Dorf weiter weg in Brabant, und wir dachten, dass er in eine Diamantenschleiferei käme, doch dann haben wir gehört, dass die Männer dort den ganzen Tag graben mussten. Ich habe ihn nie wieder gesehen.«

Emanuel starrte erbittert vor sich hin.

Marit biss sich auf die Lippe. Die Gedanken schwirrten ihr durch den Kopf, sie hatte Mitleid mit Emanuel, aber eine Frage wollte sie doch gleich loswerden:

»Ihr musstet doch aus Vught weg? Das stand alles in Omas Tagebuch, und dann seid ihr … Aber wie hat meine Großmutter, Rachel, meine ich, wie hat sie überlebt?«

Emanuel zuckte die Schultern und Marit sah, wie der Junge sich einigelte. Keine gute Frage also.

»Ach, einfach so. In Vught ist sie in gute Hände geraten und wir sind deportiert worden. Was sie ab diesem Moment erlebt hat, ist nicht meine Geschichte. Vielleicht solltest du Johannas Mutter danach fragen.«

Der Junge wurde durchsichtig und löste sich langsam im Licht auf.

»Halt«, rief Marit. »Bleib hier!« Sie versuchte, ihn am Arm festzuhalten, griff jedoch ins Leere. Der Sitzsack blieb verlassen zurück.

Na, so was! Wieso haute er denn jetzt ab? Und wie sollte sie Johannas Mutter fragen? Marit kaute nachdenklich an ihren Lippen. Natürlich, das war ja Hendrikje.

Gleich morgen nach der Schule würde sie bei ihr vorbeigehen.

Aufklärung

Freitag, spätnachmittags. Nach der letzten Schulstunde radelte Marit sofort nach Hause. Hendrikje hatte ihr eine Menge zu erklären, dachte sie unterwegs. Wenn ihre Großmutter eigentlich jüdisch gewesen war, wieso war sie dann bei Hendrikje aufgewachsen? Und warum kannten sie alle unter dem Namen Johanna, obwohl ihre Eltern sie Rachel genannt hatten? Da stimmte etwas nicht. Und wusste ihre Mutter das eigentlich alles?

Als sie ums Haus herumradelte, sah sie Hendrikje am Küchentisch sitzen. Rasch stellte sie ihr Fahrrad in den Schuppen, neben das ihres Vaters, ging durch den Hintereingang ins Haus und warf ihre Tasche in die Ecke.

»Bin wieder da«, rief sie durch die offen stehende Tür in die Küche. »Ich gehe kurz bei Hendrikje vorbei, okay?«

Ihr Vater brummelte irgendetwas Unverständliches. Marit rannte die Treppe in ihr Zimmer hinauf, griff sich einen Stapel Postkarten, die sie gestern Abend ordentlich in der richtigen Reihenfolge in die Schachtel zurückgelegt hatte, und polterte die Treppe wieder hinunter.

Wieder brummelte ihr Vater irgendetwas in sich hinein. Bestimmt, dass sie nicht so eine Hektik machen solle.

Entschuldigung, dachte Marit, aber nicht jetzt. Jetzt will ich erst alles wissen.

Hendrikje saß am Tisch und aß ein Butterbrot. Sie hatte nur einen Teller gedeckt, aber zwei Becher. Gefüllt mit warmem Tee.

»Hallo, Marit«, sagt Hendrikje, während sie ihr einen Becher über den Tisch zuschob. »Ich habe dich schon erwartet, wie war's in der Schule?«

Marit zuckte die Schultern und legte die Postkarten mit den Fotos nach oben auf den Tisch.

»Wie immer. Langweilig. Geht's dir wieder besser?«

»Viel besser«, sagte Hendrikje und nickte. »Gestern war ich einfach nur erschöpft, aber jetzt geht es wieder. Was hast du denn da mitgebracht?«

Marit drehte die Karten um und schob sie über den Tisch. »Postkarten von Oma. Ich habe eine ganze Schachtel voll im Schrank in ihrem Zimmer gefunden. Jede für ein anderes Kind …«

Hendrikje atmete tief ein.

»Du hast sie also gefunden?«

»Ja, und auch noch etwas anderes.«

Marit legte das Medaillon auf den Tisch und klappte es vorsichtig auf.

»Du weißt, was dieses Datum bedeutet, oder?«

Hendrikje nickte.

»Ich verstehe es nicht …«

Hendrikje sah hinaus. Dann fing sie leise, fast im Flüsterton, an zu sprechen.

»Johanna, deine Oma Fliegmaschine, hieß eigentlich Rachel, aber das weißt du vermutlich schon, wenn du die Karten gefunden hast. Es war 1943, mitten im Krieg. Sie hatte keine Eltern mehr, keinen Bruder und keine Schwestern und ich habe sie auf den Namen Johanna taufen lassen. Unter diesem Namen, als katholisches Mädchen, als meine Tochter, war sie in Sicherheit.«

Hendrikje schwieg. Mit dem Zeigefinger malte sie mit Teetropfen Kreise auf den Tisch.

Es fühlte sich an, als würden Hunderte Fragen in Marits Schädel aufeinanderprallen. Da stimmte etwas nicht, ein Glied in der Kette fehlte.

»Aber wie ist sie bei dir gelandet? Ich meine, sie war doch im Lager in Vught?«

Diese Frage schien Hendrikje zu erstaunen. Sie wurde kreidebleich und ihr Kopf zitterte plötzlich stärker als sonst.

»Das Lager in Vught?«

Marit nickte.

Hendrikje zweifelte einen Moment. »Ich war da auch gefangen«, sagte sie dann. »Im Mai und Juni 1943. Genau wie Rachel, ihr Bruder, ihre Schwestern und ihre Eltern.«

Hendrikje war in einem Lager gewesen?

»Du warst in einem KZ? Und Uropa Willem?«

Hendrikje schüttelte den Kopf, genau in entgegengesetzter Richtung zum Zittern.

»Willem kam später, wir haben erst danach geheiratet. In Vught war ich wegen Hans.«

Vorsichtig nippte Hendrikje an ihrem Tee.

»So, und jetzt weißt du schon das Wichtigste, also
ist es Zeit für den Rest.«

Verliebt

Hans habe ich schon mein ganzes Leben gekannt. Er war zwei Jahre älter als ich und wohnte auf einem Bauernhof vierhundert Meter von unserem entfernt. Oft, wenn ich mit meinem kleinen Bruder zur Schule ging, kam er uns hinterhergerannt. Dann begleitete er uns ein Stück, balgte sich ein bisschen mit Basje oder zeigte uns einen Frosch, den er am Rand des Wassergrabens gefunden hatte. Und bevor er auf seinen Holzpantinen laut klappernd weiterlief, um noch fünf Minuten mit den anderen Jungen aus der Vierten Murmeln zu spielen, zog er mich immer kurz an den Zöpfen.

Hendrikje seufzte. »Ich war heimlich in ihn verknallt. Schon damals.«

Marit kicherte. Eine verliebte Urgroßmutter, das konnte sie sich gar nicht vorstellen.

Nach der vierten Klasse ging Hans aufs Gymnasium in die Stadt und ich habe ihn kaum noch gesehen, bis zu diesem Tag auf dem Jahrmarkt. Da war ich siebzehn

und ging mit Freundinnen zwischen den Jahrmarkt-
buden und der Kneipe hin und her, unterwegs machten wir den Jungs schöne Augen. Im Dorf hieß es, dass
ich ein ›hübsches Ding‹ sei, über mangelnde Beach-
tung der Jungen hatte ich nicht zu klagen. Aber die
meisten habe ich abgewimmelt. Ich ging damals ans
Lehrerseminar und war mir zu gut für die Bauerntram-
pel, die angetrunken Annäherungsversuche wagten.
Als mich also an diesem Abend einer von hinten kräftig an den Haaren zog, dachte ich: noch so einer, und
drehte mich verärgert um. Aber es war kein Bauer im
halb aufgeknöpften Hemd, sondern ein großer junger
Mann in einem schicken Anzug. Sein glänzendes Haar
war glatt zurückgekämmt und das Lächeln, das er mir
schenkte, so breit wie der Kanal hinter unserem Haus.

»Hallo«, sagte er grinsend. »Was ist aus den Zöp-
fen geworden, an denen ich immer gezogen habe?«
Prüfend wanderte sein Blick über mein Kleid. Einen
Augenblick sah ich ihn verständnislos an, dann fiel der
Groschen: Hans!

Meine Wangen wurden rot. Dieser Junge, der auf
Holzpantinen rannte und nichts als Streiche im Kopf
hatte, sah jetzt ganz anders aus.

Vornehm.

Attraktiv.

Unvorstellbar, dass das einfach so möglich war.
Seit ich zehn war, hatte ich kaum mehr an ihn gedacht.
Aus den Augen, aus dem Sinn, wie es so schön heißt.
Als ich etwa fünfzehn war, hatte mir mein Vater erzählt,

dass der Sohn von van Wijk zum Studium nach Amsterdam gegangen war. Amsterdam, hatte er damals kopfschüttelnd gesagt, als hätte ein anständiger Bauernsohn dort nichts zu suchen.

»Wie geht es Basje?«, fragte Hans.

Ich stammelte irgendetwas. Er lachte und zog mich in die Kneipe.

»Wenn ich gewusst hätte, dass meine Nachbarin sich so gemausert hat, wäre ich ein bisschen öfter zu Besuch aus Amsterdam gekommen«, sagte er und beugte sich kurz zu mir, bevor er sich weiter durch die Menschenmenge schob.

Ich streckte ihm die Zunge heraus, ließ mich aber gern hinter ihm herziehen.

Hans führte mich ganz hinten ins Lokal, dahin, wo die schmusenden Paare saßen, und holte mir etwas zu trinken. Weil wir uns durch das Stimmengewirr da drinnen nur schwer verständigen konnten, stellte er sich dicht neben mich. Und so redeten wir miteinander. Stundenlang.

Hans war ein großer Erzähler. Über alles gab er eine Geschichte zum Besten. Über sein Jurastudium, über die Zimmerwirtin, bei der er wohnte und die ihn trotz ihrer 75 Jahre noch jeden Morgen aus dem Bett zerrte, wenn es so aussah, als würde er zu spät zur Vorlesung kommen. Und über Politik. Über die Bedrohung durch das Hitlerdeutschland. Ich höre es ihn noch sagen – »Wenn die Nazis in den Niederlanden einfallen, geht's uns an den Kragen …« –, aber eigentlich interessierte mich das alles nicht, Hauptsache, er hörte nicht auf zu reden und blieb dicht bei mir stehen. Und das hat er getan. Den ganzen Abend.

Verträumt starrte Hendrikje vor sich hin.

Marit staunte. Sie war auf vieles gefasst gewesen, aber sicher nicht auf eine Liebesgeschichte. Ihr gingen unendlich viele Fragen durch den Kopf, doch dies war kein guter Moment, um Hendrikje aus ihren Erinnerungen zu reißen.

Seither kam Hans sehr oft nach Hause. Und zu mir. Zuerst war es meinem Vater nicht recht und es hat bestimmt zwei Jahre gedauert, bis ich Hans endlich nach Amsterdam begleiten durfte. Aber wir blieben zusammen und verlobten uns Ende 1942, als Hans schon im letzten Jahr seines Studiums war.

Im Nachhinein war das vielleicht ein bisschen voreilig. Anfang 1943 forderten die Nazis alle Studenten auf, eine Erklärung zu unterzeichnen, dass sie dem Besatzer wohlgesinnt waren. Sonst durfte man nicht weiterstudieren und lief sogar Gefahr, verhaftet zu werden. Hans und seine Kommilitonen weigerten sich. Meine Welt brach zusammen. Dabei hatte ich doch gerade an meiner alten Schule eine Stelle als Lehrerin in der ersten Klasse bekommen. Ich war sehr stolz auf das Geld, das ich damals verdiente, aber wenn Hans sein Studium nicht beendete, konnten wir vorläufig nicht heiraten.

Für Hans war das allerdings kein Grund, die Erklärung zu unterschreiben. Er hatte sehr darunter gelitten, als ein Drittel seiner Professoren zu Beginn des Krieges schlagartig entlassen wurde, einfach nur, weil sie Juden waren. Und das war noch nicht alles. Bis zu dieser Zeit hatte es ein reges jüdisches Leben in Amsterdam gegeben, doch die Nazis verboten ihnen alles. Juden durften kein Geschäft mehr betreten, sie durften nicht ins Kino, durften sich nicht auf Parkbänke setzen. Die Kinder durften nicht mehr zur Volksschule gehen. Und dann war da auf einmal dieser Stern, an dem man sofort erkannte, wer sich an dem Ort, an dem er war, aufhalten durfte, und wer nicht.

Ich hatte keine Ahnung davon. Der Krieg interessierte mich nicht. Hier im Dorf war nichts davon zu merken. Hier wohnten keine Juden, und Nazis sah man auch kaum. Ja, Barendsen, der hochnäsige Metzger, der war bei der *Nationaal-Socialistische Beweging*, aber den hat keiner ernst genommen. Alles, was ich wusste, erfuhr ich von Hans. Und Hans war rasend vor Wut. Er wollte Anwalt werden und später vielleicht sogar Staatsanwalt oder Richter, aber nicht in dieser von den Nazis geschaffenen Welt. Einer Welt, in der Juden gedemütigt und verfolgt wurden, weil sie zufällig Juden waren. Aus seiner Sicht hatte das nichts mit Recht und Gerechtigkeit zu tun.

Als es mit den Deportationen losging, erst nach Amsterdam – wo die Juden im Judenviertel zusammengepfercht wurden – und später nach Westerbork und noch weiter, war für ihn das Maß voll. Er erzählte mir – erst Monate später, bei einem Streit wegen der nicht unterschriebenen Erklärung –, dass er sich damals dem Widerstand angeschlossen hatte. Einer Gruppe mutiger Studenten, die, wie mir später klar wurde, alles aufs Spiel setzten, um Juden zu helfen unterzutauchen.

Unvorstellbar. Während ich meiner ersten Klasse Lesen und Schreiben beibrachte, half er jüdischen Kindern, aus der Hollandse Schouwburg zu entkommen. Und ich hatte keine Ahnung.

Und im Nachhinein … Ich war ja so naiv. Bei dem Streit habe ich noch gesagt, dass es bestimmt alles halb so wild werden würde. Jeder wisse doch, dass die Juden nach Westerbork und von dort aus in den Osten geschickt wurden, um zu arbeiten. Klar, für sie war das sehr unangenehm, aber gut, schließlich sei ja Krieg.

Hendrikje schlug die Hände vor die Augen. Ihr ganzer Körper bebte leise.

Für einen Moment habe ich wirklich geglaubt, dass Hans mir eine Ohrfeige verpassen würde. Aber dann hat er die Fäuste geballt und losgeschrien. Dass ich eine Landpomeranze sei, gar nichts begreife und nur meine Aussteuer im Kopf hätte und weiter nichts. Das werde ich nie vergessen.

»Du bist verdammt noch mal Lehrerin«, schrie er.

»Denk doch mal nach! Warum sollten die Nazis Hunderte von Zügen einsetzen, um die Juden aus den Niederlanden zu deportieren? Glaubst du wirklich, dass sie das tun, weil sie sie anderswo arbeiten lassen wollen?« Er wanderte auf und ab. »Klar! Und deshalb müssen auch die ganzen Alten mit, und die kleinen Kinder.«

Ich wusste nicht, was ich sagen sollte. So hatte ich das noch nie betrachtet. Ehrlich gesagt hatte ich es auch noch nie anders betrachtet. Immer, wenn Hans wieder vom Krieg anfing, von den Nazis und den Juden, habe ich vor allem darauf gewartet, dass er bald aufhört und wir uns wieder küssen.

Ich brach in Tränen aus. Stundenlang habe ich geweint, glaube ich. Ich kam mir so dumm vor und fand ihn so tapfer. Hans war ein Held und ich eine dumme Volksschullehrerin.

Weil Hans nicht unterschreiben wollte, musste er sein Studium abbrechen und verbrachte noch mehr Zeit im Widerstand. Bei seiner Zimmerwirtin konnte er nicht mehr bleiben, weil er als Unterschriftenverweigerer bekannt war, und so tauchte er unter. Nicht mal mir wollte er erzählen, wo er hinging, ich habe ihn nur noch selten gesehen.

Hendrikje schniefte, wischte sich mit dem Taschentuch über die Augen und griff nach der Teekanne.

Leer.

Marit sprang auf. »Ich mache das schon, bleib nur sitzen.«

Sie ging zur Spüle und füllte den Teekessel. Während sie darauf wartete, dass das Wasser kochte, schaute sie zu ihrer Urgroßmutter. Klein wirkte sie auf einmal, da am Tisch. Klein und alt.

Marit hatte Hendrikje noch nie wirklich als alt empfunden. Klar, ihre Urgroßmutter war grauhaarig, faltig, gebückt und ging wie auf Eiern, aber gleichzeitig war sie quicklebendig, wie ihr Vater das nannte. Sie war über neunzig, aber geistig immer noch topfit.

Doch jetzt, da sie sich ihrer Vergangenheit zuwandte, machte es einen ganz anderen Eindruck. Sie wirkte verletzlich und alt.

Festgenommen

Marit schenkte beide Teebecher voll und stellte die Kanne wieder aufs Stövchen.

»Und dann? War es dann aus mit Hans?«

Hendrikje schüttelte langsam den Kopf.

Wir sind in einen Albtraum geraten. Er und ich. Es war Anfang Mai, nachmittags um halb fünf. Die ganze Welt hat herrlich nach Frühling geduftet. Meine Klasse hatte an diesem Tag gut gearbeitet und ich radelte fröhlich von der Schule nach Hause, zum Bauernhof meiner Eltern.

Meine Fröhlichkeit schlug abrupt in Angst um, als ich sie vor dem Haus stehen sah. Einen grünen Laster mit laufendem Motor und mindestens acht Soldaten. Und bei den van Wijks, ein Stück weiter, standen sie auch.

Da wusste ich genug.

Hans!

Am liebsten wäre ich so schnell wie möglich davongeradelt. Bis nach Amsterdam. Um Hans zu suchen, ihn in die Arme zu schließen und nie mehr loszulassen. Trotzdem fuhr ich weiter. Mir konnten sie nichts anhaben, dachte ich, und von dem, was Hans in Amsterdam trieb, konnte ich doch nichts wissen, oder?

Aber da waren sie anderer Meinung, sie waren wegen mir gekommen.

Ein steifer hochrangiger Soldat versperrte mir den Weg.

»Bist du Hendrikje?«, schnauzte er.

Ich war überrascht. Sein Niederländisch war völlig akzentfrei. Das musste so ein Verräter sein, so einer von der *Nationaal-Socialistische Beweging*, der die Leiter hochgefallen war und jetzt als SS-Mann beweisen wollte, dass er seinen deutschen Kameraden in nichts nachstand. Mit Uniformen kenne ich mich nicht aus, aber ich glaube, dass er Offizier war. Er trug eine glänzende Kappe, während alle anderen einen Topfhelm aufhatten. Sein Blick schien mich zu durchleuchten wie Röntgenstrahlen.

Ich nickte und folgte ihm ins Haus. Meine Eltern saßen am Küchentisch. Vater sah mürrisch zu dem Offizier, der mich hereinbrachte, doch in seinen Augen sah ich Angst. In der Ecke, bei der Tür, standen zwei Soldaten.

Ich musste mich setzen und sofort schob mir der Offizier ein Foto unter die Nase.

Hans. Aufgenommen bei einem Umtrunk seines Studienjahrgangs, seiner ordentlichen Kleidung und den Ringen unter den Augen nach zu urteilen.

Ich biss die Zähne zusammen.

»Dein Freund?« Das war keine Frage, sondern eine Feststellung.

Das Herz schlug mir bis zum Hals.

Hans.

Ich sah dem Mann unverwandt in die Augen.

»Mein Verlobter«, sagte ich mit fester Stimme. »Wieso?«

»Dein Verlobter?«, lachte der SS-Mann hämisch. »So ein hübsches Ding wie du, und dann willst du so einen Lackaffen heiraten? Du kannst doch was Besseres kriegen.« Mit einem Auge zwinkerte er, doch mit dem anderen starrte er mich unverwandt an.

»Wo versteckt sich dein Verlobter?«

Ich zuckte die Schultern.

»Ich habe ihn seit Wochen nicht gesehen. Er ist untergetaucht, weil er die Erklärung nicht unterschreiben wollte.« Ich hielt es für das Beste, das zuzugeben, aber sie wussten mehr.

Wieder lachte der Offizier hämisch. »Du meinst wohl, dass er aufgehört hat zu studieren und sich dann ein anderes Steckenpferd gesucht hat.« Er zog die Pistole aus dem Halfter. »Wir wissen, dass dein Verlobter Juden hilft. Darauf steht die Todesstrafe, also stelle ich dir die Frage noch ein letztes Mal«, sagte er und hielt meiner Mutter die Pistole an den Kopf.

»Wo versteckt sich dein Verlobter?«

Mein Vater wollte aufspringen, doch die Soldaten hinderten ihn daran. Meine Mutter hielt die Luft an. Verzweifelt sah ich zu ihr.

Kaum merklich schüttelte sie den Kopf.

Plötzlich wusste ich, was ich tun musste. Ich brach in lautes Schluchzen aus.

In sehr lautes Schluchzen.

Durch die Tränen hindurch sah ich, wie ratlos der Offizier war. Nach einem kurzen Zögern steckte er die Pistole wieder weg, ging um den Tisch, packte mich beim Arm und zerrte mich nach draußen.

»Auf der Wache wirst du schon den Mund aufmachen«, zischte er noch.

Auf der Polizeiwache wurde ich erneut verhört. Diesmal wirklich von einem Deutschen. Carl hieß er. Er war freundlich, aber bestimmt.

»Entschuldigung, Kleine«, ließ er seinen Dolmetscher sagen. »Ich habe auch eine Tochter in deinem Alter, also tue ich das hier nur ungern, aber wenn du nicht mitspielst, habe ich keine andere Wahl.«

Er sah mich an, um die Wirkung seiner Drohung abzuschätzen.

Er konnte mich mal.

Ohne den Blick zu senken, schaute ich zurück. Bestimmt eine Minute lang. Er zuckte die Schultern.

»Dann eben nicht. Ab nach Vught, bis wir deinen Verlobten gefunden haben. Wenn dir wieder einfällt, wo er untergetaucht ist, lassen wir dich frei.«

Sie führten mich ab, durch mehrere Gänge in einen kühlen, feucht riechenden Keller, und sperrten mich in eine Zelle zu zwei weiteren Frauen.

»Was ist in Vught?«, fragte ich sie direkt. Die ältere der beiden zuckte die Schultern. Sie war mindestens dreißig und ihrem Bauch nach zu urteilen schwanger.

»Ein KZ«, antwortete die andere Frau. Sie hatte einen Striemen im Gesicht und ein blaues Auge. »Nagelneu. Diesen Winter von politischen Gefangenen errichtet. Hunderte sind dabei umgekommen, vor Hunger, Erschöpfung und Kälte.« Sie kam auf mich zu und streckte mir die Hand entgegen. »Carla«, sagte sie.

Carla hatte recht. Kamp Vught – die Nazis nannten es das KZ Herzogenbusch – war wirklich ein Konzentrationslager. Mit Steinbaracken und Stacheldrahtzäunen. Unter einer warmen Maisonne marschierten wir vom Bahnhof in Vught zum etliche Kilometer entfernten Lager mitten im Wald. Als wir durchs Tor traten, wurden wir von einem Durcheinander von Geräuschen und Gerüchen empfangen.

Sofort fielen mir hohe Kinderstimmen auf. Ich wunderte mich. Carla hatte gesagt, Vught sei ein Lager für politische Gefangene. Später erfuhr ich, dass es jüdische Kinder waren, die, ordentlich nach Altersgruppen getrennt, etwas weiter entfernt in Baracken untergebracht waren.

Rachel muss damals auch schon da gewesen sein.

Hendrikje sah Marit an. »Und dann saß ich da also plötzlich in einem Lager, als Geisel.«

Marit holte tief Luft. Mit offenem Mund hatte sie ihrer Urgroßmutter zugehört. Es war, als wäre sie davongeschwebt und hätte den Albtraum von Neuem erlebt. Manchmal hatte sie geschaudert oder mit den Fingern geknackt. Durch Hendrikjes Gesten hatte Marit ihre Geschichte fast wie einen Film vor sich gesehen. Sie schauderte. Hendrikje, die in einem Lager gefangen war, weil sie ihren Verlobten nicht verraten wollte, nicht mal dann, als ein Soldat ihrer Mutter eine Pistole an den Kopf hielt. Unvorstellbar, wie sehr sie sich damals gefürchtet haben musste.

»Bist du geschlagen worden? Und hast du da etwas zu essen bekommen?«

»Nein und ja«, sagte sie leise.

Der Alltag im Lager folgte einem einfachen Muster. Ich aß, wusch mich und schlief in »meiner« Baracke, einem Holzschuppen, den ich mir mit 239 anderen Frauen teilte, die meisten von ihnen »Geiseln« wie ich. Unsere Kleidung mussten wir gleich bei der Ankunft abgeben und ich bekam einen Blaumann mit einem breiten roten Streifen auf dem Rücken und ein blaues Kopftuch mit weißen Pünktchen.

Ich weiß noch, dass ich Carla ansah und wir beide grinsen mussten. Da waren wir also.

Das Essen war schlecht, aber immerhin mussten wir nicht hungern, weil viele Frauen Pakete von zu Hause bekamen. Mit dem Schlafen war es schwieriger. Mit so vielen Frauen in einem Raum, drei Betten übereinander, auf einer harten, muffigen Strohmatte und unter einer schmutzigen Decke war das nicht einfach, erst recht, wenn eine der vielen Frauen neben dir weinte.

Die Tage waren eintönig und langweilig. Wir mussten hart arbeiten. Die meisten von uns halfen beim Pflastern der Straße, die mitten durchs Lager führte, doch ich hatte Glück und wurde zum Küchenkommando eingeteilt. Keine schlechte Arbeit, weil man sich zwischendurch, wenn keiner schaute, immer wieder etwas in den Mund stecken konnte.

Hendrikjes Augen leuchteten auf. Sie riss eine Ecke von ihrem Butterbrot ab und steckte sie rasch in den Mund. »Ein Mal abbeißen, ein Mal schlucken, weg war's. Und wenn sie einen doch erwischten, kriegte man eine Kopfnuss, aber wegnehmen konnten sie es einem nicht mehr.«

»Aber du warst wegen Hans dort. Ist er gekommen, um dich zu befreien? Hat er sich gemeldet?«

Angespannt schüttelte Hendrikje den Kopf. »Nein, zum Glück nicht. Sie wollten ihm an den Kragen, nicht mir.«

Bald fand ich die Taktik der Nazis heraus. Wenn man ihnen etwas über seinen Mann oder seinen Verlobten erzählte und sie ihn daraufhin schnappten, kam man frei. Wenn sie ihn kriegten, ohne dass man etwas verraten hatte, wurde man auch freigelassen – oder sie erzählten es einem einfach nicht.

Ich sagte natürlich keinen Ton und hatte mich bald an das Leben im Lager gewöhnt, sofern man sich überhaupt an so etwas gewöhnen kann. Währenddessen strömten immer mehr Juden ins Lager. Sie kamen aus dem ganzen Land, hatten sich auf Befehl der Nazis gemeldet. Ihnen gab man keine Sträflingskleidung, es schien fast, als wären sie hier im Urlaub, obwohl ihre Koffer eine ganz andere Geschichte erzählten.

»Wie viele wollen sie denn noch auf diesem kleinen Stück Land zusammenpferchen?«, murmelte Carla eines Tages, als wir am Stacheldrahtzaun standen. »Irgendetwas führen sie im Schilde, ich schwör's.« Sie ballte die Fäuste.

Ich schauderte.

Carla hatte immer recht, wenn es um die Nazis ging.

Hendrikje verstummte.

»Und Hans? War er in Sicherheit?«

»Später«, flüsterte sie. »Ich bin wieder so erschöpft.«

Minutenlang starrte Marit auf ihre Urgroßmutter, die anscheinend in tiefen Schlaf gesunken war. Ob sie einfach gehen sollte?

Da schrak Hendrikje wieder auf.

»Ich will noch mal hin«, sagte sie. »Ich muss es sehen.« Sie keuchte ein bisschen. »Seit der Krieg vorbei ist, träume ich jede Nacht vom Lager. Ich war bloß vier Wochen dort, aber diese vier Wochen haben mein Leben für immer verändert.«

Marit runzelte die Stirn.

Hendrikje lächelte. »Heute ist es ein Museum und ich will schon seit Jahren hin, aber nicht allein, und ich habe mich nie getraut, Johanna zu bitten, mich zu begleiten.«

»Morgen ist Samstag«, sagte Marit. »Ich komme gerne mit.«

»Morgen ist gut. Und dann erzähle ich die Geschichte auch weiter, aber jetzt muss ich erst einmal schlafen.«

Nach Vught

Auf dem Bahnhof in Vught stiegen sie aus. Hendrikje zog Marit sofort hinter sich her, schnell weg vom Bahnsteig, als würde ihre Urenkelin am Stock gehen und nicht sie.

»Schau es dir jetzt nicht an. Nachher. Nachher erzähle ich dir vom Bahnhof. Jetzt müssen wir erst mal zum Lager gehen.«

Marit hielt Hendrikje zurück. »Da fahren auch Busse hin, ich habe nachgesehen.« Sie wedelte mit ihrem Handy.

Hendrikje verzog angewidert das Gesicht. »Dachtest du wirklich, dass sie uns damals mit Bussen hingebracht haben? Natürlich nicht, wir mussten zu Fuß gehen, und zwar zackig, weil sie nämlich ihre Gewehre auf uns richteten.«

»Aber es sind bestimmt sieben Kilometer«, sagte Marit. »Das ist wahnsinnig weit und du warst gestern schon so müde.«

»Hmm, das stimmt«, gab Hendrikje widerwillig zu. »Aber dann steigen wir kurz vor der Haltestelle aus, das letzte Stück gehe ich zu Fuß!«

Quietschend hielt der Bus vor einem kasernenartigen Gebäude.

»Das Museum ist noch einen halben Kilometer entfernt. Immer nur geradeaus«, sagte der Busfahrer.

Hendrikje stand mühsam auf.

Der Fahrer schüttelte den Kopf. »Ich fahre Sie gerne hin. Wenn Sie sitzen bleiben, sind Sie in zwei Minuten da.«

Hendrikje warf ihm einen vernichtenden Blick zu.

»Kommt nicht infrage. Ich gehe zu Fuß. Beim letzten Mal bin ich zu Fuß hingegangen, und so mache ich das jetzt auch.«

Marit zuckte entschuldigend die Schultern. »Sie hat früher hier gesessen«, sagte sie beim Aussteigen zum Fahrer.

»Ach so. Na dann, alles Gute!«

Die Bustür klappte zu, er fuhr mit einem kurzen Hupen davon und ließ sie in einer Abgaswolke zurück.

»Es ist doch weiter, als ich dachte«, sagte Hendrikje nach hundert Metern völlig atemlos.

Marit half ihr, so gut sie konnte, doch bei jedem Schritt fürchtete sie, der alten Frau könnten die Beine nachgeben.

»Was für Dreckskerle«, wetterte Hendrikje. »Wie konnten sie nur alte Leute und kleine Kinder zwingen, diese weite Strecke zu Fuß zu gehen? Ja, manchmal gab es Busse, aber in die mussten dann gleich hundert Menschen rein.«

Marit fühlte sich hilflos. Hendrikje regte sich wahnsinnig auf und war gleichzeitig völlig erschöpft. Was, wenn sie hier einfach zusammenklappte?

Als sie fast beim Museum waren, kamen ihnen zwei Frauen entgegengerannt, die ein Namensschild trugen.

»Was machen Sie denn nur für Sachen?« Sie hakten Hendrikje rechts und links unter und führten sie ins Gebäude.

»Der Busfahrer sagte, dass Sie unbedingt zu Fuß gehen wollen, aber das ist doch viel zu weit.«

Marit folgte ihnen und sah, dass sie Hendrikje in einen Nebenraum brachten, wo sie sich auf einen Stuhl setzte. Eine der Frauen legte Marit den Arm um die Schultern.

»Hab keine Angst, wir erleben es öfter, dass ältere Leute sich ganz elend fühlen oder sich etwas seltsam verhalten. Besonders, wenn sie früher hier gefangen waren. War deine Oma auch hier im Lager?«

Marit nickte.

»Weißt du was? Sie muss sich wirklich erst mal ausruhen und etwas trinken. Sieh dir ruhig schon mal den Außenbereich an, ich komme dich später holen.«

Marit öffnete die Tür nach draußen und überquerte einen Platz, auf dem lauter Steinblöcke in Form von Häusern standen: ein Modell des ehemaligen Lagers.

Es war wohl ziemlich groß gewesen. Auf die Schnelle zählte sie bestimmt vierzig längliche Gebäude, eine Art Scheunen.

»Früher war das Lager viel größer«, hörte sie den Führer einer Besuchergruppe erzählen. »Heute ist nicht mehr viel davon übrig. Das Gefängnis da hinten nimmt einen ziemlich großen Teil des ehemaligen Lagergeländes ein, und da dürfen wir natürlich nicht hin.« Er zeigte auf einen hohen Bau direkt außerhalb der Gedenkstätte. »Zum Glück sitzen heute nur noch echte Kriminelle drin und keine unschuldigen Menschen mehr, wie im Krieg«, grummelte er. »Nein, die haben in Baracken gesessen wie der dort, die nachgebaut wurde.«

Marit beschloss, die Baracke zu besichtigen, auf die der Mann zeigte.

Sie war ziemlich groß. Im Kopf überschlug Marit die Anzahl dreifacher Stockbetten. Tja, wenn sie alle belegt waren, dann war es doch ganz schön eng. Sie schauderte. Und hier hatte Hendrikje also gesessen, geschlafen, gewohnt? Und Emanuel, Kitty, Saartje und Rachel auch?

Kurze Zeit später stand sie wieder draußen. Und jetzt? Sie betrachtete das Gelände hinter der Baracke. Eigentlich gab es nicht viel zu sehen. Das Modell auf dem Platz, den sie gerade überquert hatte, bestand aus lauter länglichen Baracken, aber alle außer der einen, in der sie gerade gewesen war, waren verschwunden. Zu ihrer Linken stand noch ein kleines fabrikartiges Gebäude mit einem hohen Schornstein, und ansonsten wuchs hier vor allem Gras. Und um das Gras herum eine doppelte Reihe kräftigen Stacheldrahts und hier und da ein Wachturm.

Marit blickte zur breiten Glasfront des Museums und entdeckte plötzlich, knapp zwei Meter weiter, einen Wegweiser. Ein Pfeil wies in Richtung Fabrik.

KREMATORIUM, las Marit. Mit einem Schaudern dachte sie an Hendrikje. Ob sie damals wohl Rauch aus dem Schornstein hatte kommen sehen? Und das würde also heißen …

Sie schüttelte diesen Gedanken ab und las die Inschrift auf dem zweiten Pfeil; er zeigte auf den Weg, dem sie gerade schon ein Stück gefolgt war.

DAS KINDERDENKMAL.

Hey, was hatte das zu bedeuten? Marits Blick folgte dem Pfeil. Dort hinten war auf einem Sockel ein Gitter, das Leute fotografierten, und vor dem Gitter lagen große Blumensträuße.

Wie von einem Magneten angezogen ging sie über den Weg aus länglichen Backsteinen zum Denkmal. Aus der Nähe erkannte sie dann, dass sie kein Gitter gesehen hatte, sondern mannshohe rostige Pfeiler, die, zu zweit nebeneinander, aussahen wie aufgeschlagene Buchseiten. Große gelbe Sterne verbanden sie miteinander, und darunter, auf dem Sockel, lag Spielzeug aus Bronze: ein Kreisel, eine Stoffpuppe, ein kleiner Lastwagen und ein Buch.

Die Pfeiler waren wirklich wie ein Buch, sah Marit, denn ins Metall waren winzig kleine Buchstaben graviert. Eine lange Reihe von Namen und die jeweilige Altersangabe dahinter.

ALIDA FRANSMAN	3 JAHRE
EVA FRANSMAN	10 JAHRE
DORA FRESCO	2 JAHRE
ESTHER FRESCO	14 JAHRE
LOUIS FRESCO	12 JAHRE
SARA FRESCO	16 JAHRE
ABRAHAM FURTH	6 JAHRE
WILLEM FURTH	10 JAHRE
ABRAHAM GANS	9 JAHRE

Konzentrationslager Herzogenbusch

Marits Blick huschte gehetzt über die rostigen Seiten. Wenn dort alle Kinder standen, die von Vught nach Osten deportiert worden waren, dann musste Emanuel auch dabei sein, und Kitty und Saartje.

»Dort steht mein Name«, flüsterte ihr Emanuel ins Ohr und zeigte auf die vorletzte Buchseite. »Beim S von Spier.«

EMANUEL SPIER   14 JAHRE

Gefolgt von:

KITTY SPIER   12 JAHRE

Marit legte den Finger auf das K von Kitty und blickte auf den Namen darunter.

SAARTJE SPIER   3 JAHRE

Ihr Finger glitt über die schnörkellosen Großbuchstaben weiter zum S.

Erst Emanuel, dann Kitty und Saartje. In alphabetischer Reihenfolge.

Emanuel, Kitty, Saartje.

Sie sah Emanuel an. Der nickte.

»Wenn es nicht geklappt hätte, würde ihr Name auch da stehen, zwischen Kitty und Saartje.«

»Rachel Spier«, flüsterte sie.

»Drei Monate«, ergänzte Emanuel.

Einen Moment blieben sie stehen und schauten auf die endlose Reihe von Namen.

»Ich kannte eine ganze Menge von ihnen«, sagte Emanuel. »Isaac Cohen war in derselben Baracke wie ich. Und Maurice Delmonte und …«

Hinter ihnen erklangen Stimmen.

Marit drehte sich um. Der Führer kam mit seiner Gruppe über den Klinkerweg zum Denkmal.

Emanuel war nur noch schemenhaft zu erkennen, doch Marit sah, dass er ihr ein Zeichen machte mitzukommen. Sie gab vor, ganz in Gedanken versunken zu sein, richtete den Blick jedoch scharf auf Emanuels hauchdünnen, nebligen Umriss und folgte ihm bis hinters Krematorium.

»Wenn du die Augen schließt, zeige ich dir, wie es hier früher aussah.« Emanuel stand wieder deutlich sichtbar vor ihr.

Marit nickte und schloss die Augen.

»Wo wir jetzt stehen«, flüsterte Emanuel, »durften wir damals nicht hin. Hier haben sie die Toten verbrannt, und das waren eigentlich ganz schön viele. Die Gefangenen waren weiter weg untergebracht, ein ganzes Stück hinter dem heutigen Eingang.«

In Marits Bauch kribbelte es. Es war, als nähme Emanuels leise Stimme sie in die Vergangenheit mit, ins alte Lager. Das Gras, auf dem ihre Füße, wie sie sicher wusste, standen, verwandelte sich in staubigen Sand, und überall erschienen Baracken und Stacheldrahtabsperrungen. Täuschend echt.

Plötzlich erklangen von allen Seiten Stimmen. Murmelnd, schreiend und in der Ferne singend. Ein schwerer, Übelkeit erregender Gestank stieg Marit in die Nase, während Emanuels Stimme sie quer durch den Stacheldrahtzaun zu einem großen offenen Platz führte.

»Das ist der Appellplatz«, sagte er. »Hier mussten wir morgens und abends zum Zählappell antreten. Eine Baracke nach der anderen. Um sicherzugehen, dass alle da sind. Jedes Mal, wenn das Ergebnis nicht stimmte, ging das Ganze von vorn los.«

»Meine Baracke war ein Stück weiter.« Wieder nahm seine Stimme sie mit und plötzlich liefen Jungen wie Emanuel, ebenfalls mit einem gelben Stern auf dem Hemd oder Pullover, überall um sie herum. Es sah chaotisch aus, all diese durcheinanderwuselnden Jungen. Wie auf einer Klassenfahrt, außer dass keiner lachte.

Zusammen betraten sie einen länglichen Holzschuppen. »So sahen die Baracken der älteren Jungen aus«, erzählte Emanuel. »Und dort habe ich geschlafen, ganz unten.« Er zeigte auf ein Stockbett in der Ecke. Die Matratze bestand aus einem mit Heu gefüllten Jutesack. Es war eine dunkle Ecke, dunkel und bedrückend.

»Kitty war in der Baracke nebenan, und Mutter, Saartje und Rachel irgendwo da hinten.«

Emanuel zeigte wedelnd nach rechts.

»Aber warum mussten sie euch unbedingt voneinander trennen?«

Emanuel lachte, doch es klang nicht fröhlich. »Das fanden sie praktisch, glaube ich, oder sie wollten uns einfach nur ärgern. Ich fand es nicht so toll, aber man gewöhnte sich daran, und so war es auch bei Kitty. Wenn wir genau durch den Stacheldrahtzaun spähten, sahen wir Mutter ab und zu vorbeigehen und uns winken, und für eine Weile war es dann wieder gut. Aber auch jüngere Kinder als wir waren in getrennten Baracken untergebracht, und die weinten wirklich oft.

Die Wächter ließ das kalt, es war wirklich ganz schrecklich. Da hatten Saartje und Rachel Glück, weil die allerkleinsten Kinder zu ihrer Mutter in die Baracke durften.«

»Wie bescheuert ist das denn«, sagte Marit wütend. »Wer macht denn so was? Und du durftest deine Mutter wirklich nie besuchen, konntest ihr immer nur winken?«

Emanuel brummte. »Am Sonntag, wenn die Wächter gute Laune hatten, durften wir manchmal zu unseren

Eltern, zumindest, wenn die im Lager arbeiteten. Wir sind dann zu Mutter gegangen.«

»Und was habt ihr den ganzen Tag gemacht?«

»Eigentlich nichts. Beim Appell haben wir uns in Reihen aufgestellt und manchmal mussten wir Steine schleppen, für die Straße, die quer durchs Lager angelegt wurde.«

»Und das Essen?« Hendrikje hatte erzählt, dass sie in der Küche arbeitete, also hatte sie vielleicht für Emanuel, Kitty und Saartje gekocht.

Emanuel sprang auf. »Gute Frage. Ich hatte hier immer Hunger.« Seine Stimme führte sie durch den Stacheldraht hindurch zu einer anderen Baracke. »Hier durften wir eigentlich nicht hin«, flüsterte er. »Das Essen wurde gebracht, aber wir waren so viele, dass es nie gereicht hat. Einmal habe ich einen Jungen Gras essen sehen, aber der hat sich dann später übergeben.«

»Habt ihr denn keine Pakete bekommen, wie Hendrikje?«

Emanuel schüttelte den Kopf. Sein Blick war stumpf.

»Am Anfang schon, aber bald kamen kaum noch Pakete an. Immer mehr jüdische Verwandte waren selbst im Lager oder deportiert und konnten nichts mehr verschicken. Manchmal haben uns die anderen Gefangenen etwas zugesteckt, aber da musste man Glück haben und im richtigen Moment am richtigen Ort sein.«

Plötzlich hörten sie einen Pfiff. Emanuel erstarrte.

»Zählappell«, flüsterte er. »Beeile dich, wenn wir zu spät kommen, gibt es Schläge.«

Sie rannten hinaus, zurück zum offenen Platz. Dort standen schon Hunderte von Kindern unordentlich aufgereiht. Frauen in Uniform liefen schreiend zwischen ihnen herum. Eine schlug ein kleines Mädchen mit einem Stock. Die sagte keinen Mucks, wich aber in die Reihe zurück.

Marit sah, wie Emanuel sich verspannte. Heute noch spürte er die Angst all dieser Kinder: die Angst vor Schlägen, die Angst vor dem, was als Nächstes passieren würde.

Plötzlich packte jemand Marit beim Arm und schüttelte sie sanft. Erschreckt öffnete sie die Augen. Im Bruchteil einer Sekunde waren das alte Lager und Emanuel verschwunden, und Marit blickte der freundlichen Frau, die sich im Museum um Hendrikje gekümmert hatte, ins Gesicht.

»Kind«, sagte sie. »Wie siehst du denn aus? Du bist ja ganz blass. Was machst du hier hinterm Krematorium? Und wieso hattest du die Augen geschlossen?« Forschend blickte sie Marit an. »Deiner Großmutter geht es schon wieder viel besser. Sie redet wie ein Wasserfall.«

* * *

Beim Museumseingang saß Hendrikje in einem Rollstuhl aus schwarzem Leder. Sie hatte wieder ein bisschen Farbe im Gesicht, sah jedoch viel kleiner und älter aus als am Vormittag, als sie in den Zug gestiegen waren.

Auf den ersten Blick wirkte Hendrikje munter. »Mir geht es wieder bestens, Marit, also will ich mir jetzt endlich das Lager ansehen, aber du wirst mich wohl schieben müssen.«

Es klang zu fröhlich, fand Marit. Dieses überschwängliche Winken und das etwas zu laute Lachen sahen Hendrikje gar nicht ähnlich.

Dieser Ausflug tut ihr nicht gut, dachte sie. Als wollte ihre Urgroßmutter sich etwas beweisen – als wollte sie sich den Lageraufsehern wieder beweisen. Es kostete sie viel zu viel Kraft.

»Sollen wir nicht lieber gleich mit dem Bus zum Bahnhof?«

Verbissen schüttelte Hendrikje den Kopf.

»Erst will ich mich hier noch umsehen. Mich kriegen sie nicht klein. Damals nicht und heute auch nicht.«

Marit lächelte der freundlichen Dame entschuldigend zu und schob den Rollstuhl in den Ausstellungsraum.

Es war ein bisschen dämmerig dort. Spots beleuchteten Fotos an einer Wand. Als sie näher kamen, erkannte Marit Kinderfotos. Eine Erinnerungswand für die von hier deportierten, ermordeten Kinder.

»Ich sehe nichts«, meckerte Hendrikje.

Marit schob den Rollstuhl bis dicht vor die Wand. Ihre Urgroßmutter beugte sich so weit vor, dass ihre Brille fast das Foto vor ihr berührte.

»Ja, das waren sie«, murmelte sie. »Das waren sie, die Kinder.«

Brummend schüttelte sie den Kopf. In ihren Augen lag wieder dieser seltsame Blick; derselbe, den sie auch gehabt hatte, als sie Marit von dem SS-Mann erzählte, der ihrer Mutter die Pistole an den Kopf hielt. Ein gequälter Blick, als spulte sich vor ihrem inneren Auge ein beängstigender Film ab.

»Das waren die Kinder, Marit. Sie mussten damals alle weg. Kurz bevor ich freigelassen wurde.«

Marit sah sie gegen die Tränen ankämpfen.

»Und alle sind sie tot. Eiskalt ermordet. Wenn ich das damals nur alles gewusst hätte!«

»Aber du konntest es doch gar nicht wissen«, sagte Marit und legte Hendrikje die Hand auf die Schulter.

Die fiel ihr heftig ins Wort. »Doch, Marit, doch. Hans hatte recht. Und ich war nicht dumm, ich *wollte* es nur nicht wissen. Ich wollte nicht darüber nachdenken, was diese Dreckskerle mit den Juden anstellen. Ich wollte das Leben genießen, am Samstagabend tanzen gehen und bald heiraten und Kinder bekommen. Vor den Nazis hatte ich Angst und ich habe es genauso gemacht wie die meisten Niederländer, ich habe den Kopf in den Sand gesteckt. Und dafür bin ich schließlich bestraft worden.«

»Und gesegnet«, sagte sie nach einem kurzen Schweigen. »Ich habe einer von ihnen das Leben gerettet, Marit. Rachel, deiner Oma Johanna.«

Marit schwindelte. Hatte Hendrikje Rachel aus dem Lager mitgenommen? Und was war mit dem ganzen Stacheldraht? Und Rachels Mutter, war die damit einverstanden gewesen?

»Aber wie ...«

»Gleich«, unterbrach Hendrikje sie. »Auf dem Bahnhof.«

Johanna, ein kleines Wunder

Zum Glück hatte Hendrikje nicht weiter darauf bestanden, zu Fuß zu gehen. Marit schob den Rollstuhl bis zur Bushaltestelle, sodass sie ganz einfach einsteigen konnte. Sie winkte der freundlichen Dame, die den Rollstuhl wieder in Empfang nahm.

Nach einer kurzen Fahrt hielt der Bus vor dem mächtigen weißen Bahnhofsgebäude von Vught.

Hendrikje wollte unbedingt hinein.

»Hier war es«, flüsterte sie, während sie sich in der Bahnhofshalle umsah. »Hier bin ich Mutter geworden und Rachel hat ihre Mutter verloren.«

Marit führte sie zu einer Bank.

»Wie denn?«

Mehr Ermunterung brauchte Hendrikje nicht.

Ich habe sie aus dem Lager gehen sehen, zu den Bussen ein Stück weiter. Zuerst vor allem die Mütter mit den ganz kleinen Kindern und einen Tag später die größeren Kinder, die noch da waren, zusammen mit ihrer Mutter oder ihrem Vater. Zweimal ist eine lange Kolonne langsam, aber mit panischen Blicken zum Tor hinausgegangen. Frauen mit Babys auf dem Arm, ältere Mädchen, die ihre watschelnden kleinen Brüder hinter sich herzogen. Hin und her rennende Jungen, die von den Wächtern getreten wurden, damit sie sich ruhig verhielten.

Die, die im Lager zurückblieben, schrien, die Kinder weinten. Und wir, wir sahen zu und warfen alles, was wir entbehren konnten, über den Stacheldrahtzaun, denn Gott allein wusste, wie lange diese armen Teufel im Zug und dann im nächsten Lager eingesperrt sein würden.

Carla stand mit geballten Fäusten neben mir am Zaun. Wenn Blicke töten könnten, wäre damals kein Lageraufseher am Leben geblieben.

»Schufte«, zischte sie jedes Mal, wenn einer von ihnen eine schwangere Frau mit einem Koffer in der einen und einem Kleinkind an der anderen Hand stieß, damit sie voranmachte.

Mir liefen die Tränen über die Wangen. Aus Mitleid. Mitleid mit diesen armen Menschen, aber auch aus Wut. Ich war wütend auf mich. Genau davor hatte Hans immer wieder gewarnt.

»Das ganze Volk geht vor die Hunde, wir müssen etwas tun!«

»Wir«, hatte er gesagt.

Und hatte etwas getan.

Ich nicht.

Hendrikje sah still vor sich hin. So blieb sie bestimmt eine Minute sitzen, ehe sie fortfuhr.

Nach zwei Tagen wurde es still im Lager. Befremdlich still, jetzt, nachdem die allgegenwärtigen hohen Stimmchen verschwunden waren. Alle waren bedrückt. Natürlich hatten wir schon Massendeportationen gesehen, da hatte es auch Lärm, Panik und Tränen gegeben, aber diesmal waren es vor allem junge Familien und Kinder. Was sollten die alle im Osten? Jetzt konnte keiner mehr glauben, dass es schon noch gutgehen würde.

Nachdem die Kinder weg waren, hatten die Lageraufseher wieder Zeit für uns. An diesem Abend mussten wir stundenlang beim Appell stehen und am nächsten Morgen, um fünf Uhr, gleich wieder. Genau dann, als der Kommandant uns zur Arbeit losschicken wollte, kam sein Adjutant mit einem Brief. Der Kommandant las ihn und rief vier Namen aus.

Meinen nannte er zuletzt und ich wurde zusammen mit drei anderen in ein Dienstzimmer in der Nähe des Lagereingangs gebracht. Eine nach der anderen wurde hineingerufen, die restlichen warteten draußen. Wer drinnen war, kam nicht mehr heraus.

Nach einer Stunde stand ich immer noch da, als Letzte. Dann wurde auch ich hineingeführt.

An einem Schreibtisch saß der Kommandant, Chmielewski hieß er, glaube ich, oder Debielski, irgend so was. Er sah mich streng an. Vor ihm lag ein hoher Stapel Papier.

»Wie heißt dein Verlobter?«

»Hans«, antwortete ich. Mir gingen allerlei Szenen durch den Kopf, was alles schiefgegangen sein könnte. Hatten sie ihn erwischt? Wollten sie mich wieder verhören?

Der Kommandant nickte und schob ein umgedrehtes Foto über den Tisch.

Er bedeutete mir, es mir anzusehen. Zögernd gehorchte ich.

Das Blut wich mir aus dem Gesicht, meine Knie wurden weich.

Es war ein Foto von Hans, er hatte ein Loch in der Stirn.

Blut quoll heraus. Seine Augen waren noch offen.

Marit biss sich auf die Knöchel. »Wie schrecklich.«

»Ja«, flüsterte Hendrikje. »Und sie wollten mir unbedingt zeigen, dass sie ihn gekriegt hatten, mir unter die Nase reiben, dass *sie* gewonnen hatten.«

Es war schrecklich. Insgeheim zersprang mein Herz vor Kummer. Es konnte, es durfte nicht wahr sein. Aber das Foto war echt. Ich sah es mir an und konnte den Blick nicht davon lösen. Minutenlang. Dann schob ich das Foto zurück. Es fiel mir schwer, als würde dieses kleine Stück Papier hundert Kilo wiegen. Aber ich habe es geschafft.

»Ich nehme an, dass ich jetzt gehen kann?«, sagte ich so tonlos wie möglich. Der Kommandant ließ mich nicht aus den Augen, als wollte er herausfinden, was ich dachte, was ich *wirklich* dachte.

Er konnte mich mal.

Schließlich nickte er.

»Heute Abend, zusammen mit den anderen.«

Ich durfte gehen, meine Sachen packen.

Draußen brach ich in Tränen aus. Sie hatten ihn erwischt. Er war tot.

Carla redete mir gut zu.

»Lass dich nicht unterkriegen«, sagte sie. »Hans ist für seine Überzeugung gestorben. Sollen sie doch alle zur Hölle gehen! Morgen stehst du draußen, und dann rächst du dich.«

Ich und mich rächen?

Carla schon, ja. Die saß hier als Geisel für ihren Mann, und dabei war sie selbst das wichtigste Mitglied ihrer Widerstandsgruppe. Sie würde alles tun, um die Nazis zu treffen, sie zu zerstören. Aber ich? Innerlich bebte ich vor Wut, ich hätte ihnen allen an die Gurgel gehen können, jedem Einzelnen von ihnen. Aber was konnte ich in Wirklichkeit tun?

Hendrikje hob die Hände.

Marit spürte, dass ihr die Tränen über die Wangen liefen. Es war so ungerecht. »Sie hätten Hans nicht erschießen dürfen!« Empört schnaubte sie.

»Nein, natürlich nicht, Marit. Aber sie hatten die Macht, und ich war bloß ein kleines Licht.«

Wo meine Anziehsachen waren, wusste keiner mehr, also bekam ich ein Kleid, das im Lager geblieben war. Die Aufseherin lachte, als sie es mir gab. »Seine Besitzerin braucht es sowieso nicht mehr.«

An diesem Abend wurden wir im Laster zum Bahnhof gebracht. Wir brauchten nicht zu Fuß zu gehen, anscheinend hatten wir unsere Schuld eingelöst: Unsere Männer waren ermordet.

Als wir hier ankamen, konnten die drei anderen gleich in den Zug steigen. Auf meinen musste ich noch eine gute Dreiviertelstunde warten. Ich spazierte auf dem Bahnsteig auf und ab. Ich war unendlich traurig, fühlte mich aber gleichzeitig frei. Kein Stacheldrahtzaun mehr, kein gepunktetes Tuch auf dem Kopf.

»Hallo, Sie da, ich würde Ihnen gerne was zeigen.«

Erschreckt drehte ich mich um. Hinter mir stand der Bahnhofsvorsteher, ein älterer Herr in blauer Uniform. Er winkte mich zu sich.

Scheu sah ich mich um. Ich war es nicht mehr gewohnt, mich unbeaufsichtigt zu bewegen. Dann folgte ich ihm in das Gebäude.

»Kommen Sie aus dem Lager?«

Ich nickte.

»Als Gefangene?«

»Als Geisel«, antwortete ich.

»Gut«, sagte er und drehte sich um. »Kommen Sie mit.«

Ich folgte ihm durch eine Tür in seine Privatwohnung, durch eine weitere Tür und eine Kellertreppe hinunter.

Ich zögerte. Niemand wusste, wo ich war.

Der Mann verschwand im Dunkel und tauchte kurze Zeit später wieder auf. Er hielt ein paar Lumpen in den Armen.

»Das da wollte ich Ihnen zeigen.«

Neugierig schaute ich, was er da in den Armen hielt. Aus den Lumpen lugte ein kleines, eingefallenes Gesichtchen mit ein paar Büscheln schwarzen Haars heraus. Ein Baby. Noch ganz klein, höchstens drei oder vier Monate alt.

»Ach je«, sagte ich und strich dem Kind über die Nase. Ich wusste sofort, dass es nicht seins war. Natürlich nicht, es musste eines der Kinder sein, die in den letzten Tagen deportiert wurden. Aber wie war es hierhergekommen?

Gerührt sah der Bahnhofsvorsteher das Kleine an.

»Es ist ein Mädchen«, sagte er stolz und fuhr dann in ernsterem Ton fort: »Vor zwei Tagen hat es mir ein Junge in die Arme gedrückt, als der Zug mit den vielen Kindern abfuhr. Die Leute, die kleine Babys hatten, durften drinnen warten, und er stand dicht bei der Tür zu meinem Dienstzimmer.« Der Mann zögerte. »Er sagte, dass er gerade gesehen hätte, wie die Mutter auf der Straße vor dem Bahnhof erschossen worden wäre.«

Der Bahnhofsvorsteher seufzte. »Es waren eine Menge Schüsse gefallen, trotzdem log der Junge. Das sah ich ihm sofort an. Aber er hatte Schneid, packte die Gelegenheit beim Schopf. Er sagte, für ihn und seine Schwestern gäbe es keine Hoffnung mehr, aber ein kleines Baby würden die Nazis bestimmt nicht vermissen.«

Der Vorsteher sah mich eindringlich an. »Er hatte recht. Jedes gerettete Leben zählt. Deshalb habe ich das Baby gleich in den Luftschutzkeller gebracht, und dort liegt es nun seit anderthalb Tagen. Meine Frau und ich haben es gewickelt und ihm Milch gegeben, aber es wäre viel zu gefährlich, das Mädchen hier in Vught zu behalten. Zu viele Leute wissen über die deportierten Kinder Bescheid.«

Wieder zögerte er. »Sie braucht eine Mutter, jemanden, der wirklich für sie sorgt und sie beschützt.«

Ich las ihm seine Frage von den Augen ab und brauchte keine Sekunde darüber nachzudenken.

»Natürlich nehme ich sie mit«, sagte ich. Vorsichtig gab er mir das Kind. Ein einzelnes pechschwarzes Äuglein ging für einen kurzen Moment einen Spalt auf, dann schlief das Baby ruhig weiter.

»Ich werde für sie sorgen«, sagte ich. »Niemand weiß, dass ich nicht ihre echte Mutter bin, und zu Hause, auf dem Bauernhof meiner Eltern, gibt es genug Platz, um sie zu verstecken, falls das nötig sein sollte.«

Sichtlich erleichtert lächelte mich der Bahnhofsvorsteher an.

»Alles Gute«, wünschte er kurz darauf, als er mir beim Einsteigen half.

»Und so wurde ich zur Mutter des niedlichsten Kindes der Welt.«

Hendrikje lächelte mit geschlossenen Augen.

Wenn es stimmte, was sie ihr gerade erzählt hatte, dachte Marit, dann hatte Emanuel dem Bahnhofsvorsteher Rachel in die Hände gedrückt. Ein Schauder lief ihr über den Rücken. Ganz schön mutig.

»Auf Gleis eins fährt in wenigen Minuten der verspätete Nahverkehrszug nach Eindhoven ein«, tönte es knisternd aus den Lautsprechern.

»Komm, Hendrikje, das ist unserer.«

Kurz darauf saßen sie im Warmen in einem fast leeren Abteil. Als Marit zur Seite schaute, sah sie, dass ihre Urgroßmutter den Kopf an die Scheibe gelehnt hatte und schon eingeschlafen war.

Alle (außer einer) werden deportiert

»In meinem Zug war es voller.«

Emanuel ließ sich Marit und Hendrikje gegenüber auf die Sitzbank fallen und sah sich interessiert in dem leeren Abteil um.

»Wenn ich richtig gezählt habe, sind hier vierundzwanzig Plätze«, sagte er. »Was für ein Luxus. In unseren Waggons gab es keine Bänke, da haben mindestens sechzig Leute reingepasst. Und gestunken hat es, als wären noch am Tag vorher Schweine drin gewesen.« Er rümpfte die Nase, als würde er sie wieder riechen, und strich dabei über das glatte blaue Leder der Sitzbank.

Marit war froh, dass Emanuel wieder da war, denn nur er konnte ihr erzählen, was damals, im Juni 1943, auf dem Bahnhof geschehen war. Sie blickte kurz zur Seite, um sich zu vergewissern, dass Hendrikje noch schlief. Ihre geschlossenen Augen und ein Seufzen bestätigten es ihr.

»Ist deine Mutter wirklich vor dem Bahnhof erschossen worden und hast du Rachel deswegen abgegeben?«, flüsterte sie.

Streng sah Emanuel ihr in die Augen. Marit wurde ganz unruhig. Sie war fast so alt wie er damals, doch er wirkte um einiges älter, denn ihm war anzusehen, welches Leid er erfahren hatte.

»Es war eine Ausrede. Wenn ich gesagt hätte, dass Rachel meine Schwester ist, hätte er sie vielleicht nicht genommen. Und vor dem Bahnhof war ein solches Chaos, es sind mehrere Schüsse gefallen, und dieser Mann war schon ganz zittrig. Es war meine einzige Chance.«

»Und du hast wirklich …?«

»Jetzt hör mal gut zu«, sagte Emanuel barsch. Er beugte sich zu ihr vor. »Jemand musste es doch machen? Wir würden alle sterben. Jeder Einzelne. Das war mir vollkommen klar. Trotzdem taten alle in dem Lager so, als wäre auch dieser Transport ganz normal und unvermeidlich, genauso wie der Auszug aus Amsterdam. Meine Mutter spielte mit, wie alle anderen. Sie behauptete, alles würde sich einrenken, wir würden in ein neues Lager gebracht, eines, das besser für kleine Kinder geeignet sei, irgendwo im Osten, wo wir den Nazis nicht mehr ständig im Weg wären. Und dass alles vorbeigehen würde, wenn wir uns nur nicht widersetzten.«

Seine Augen sprühten Feuer und er zeigte auf seinen Stern.

»Ich glaubte schon lange kein Wort mehr davon. Meiner Meinung nach wollten die Nazis nur eines: den Untergang aller Juden. Ein Kinderlager im Osten, was für ein Blödsinn! Als ob wir da zur Schule gehen dürften.

117

Wenn das wirklich ihre Absicht war, dann brauchten wir doch nicht erst Tausende von Kilometern fahren.«

Emanuel machte eine wegwerfende Bewegung und seine Augen bohrten sich wieder in Marits. Sie sah, wie seine Wut sich legte.

»Entschuldigung«, sagte er. »Am besten fange ich von vorn an.« Er holte tief Luft.

»Ende Mai wurde das Lager von jüdischen Familien überschwemmt. Bald waren die Baracken überfüllt und der Kommandant wusste sich nicht mehr zu helfen. Angeblich waren wir zu laut, außerdem brauchte er Arbeitskräfte, keine Kinder. Das Gerücht ging um, dass wir nach Polen deportiert werden sollten, in ein spezielles Kinderlager. Das brachte natürlich große Unruhe mit sich, denn alle fürchteten, dass die Nazis die Familien auseinanderreißen würden.«

Emanuel starrte hinaus. Kahle Bäume glitten vorbei. Marit sah ihn die Fäuste ballen, eine Geste, die sie in den letzten Tagen oft bei ihm gesehen hatte. Bestimmt hatte er sich ohnmächtig gefühlt damals, furchtbar ohnmächtig. Dennoch hatte er es geschafft, Rachel zu retten.

»Das Gerücht hat sich bewahrheitet«, fuhr Emanuel fort. »Die Mitteilung wurde in unserer Baracke vorgelesen. Tatsächlich sollten alle Kinder bis sechzehn weggebracht werden. In zwei Gruppen. Am ersten Tag die Jüngeren, bis drei Jahre, zusammen mit ihrer Mutter und den älteren Geschwistern, und einen Tag später die Kinder, die noch übrig waren, in Begleitung eines Elternteils. Panik brach aus, denn der erste Zug sollte schon am nächsten Tag abfahren und der zweite am übernächsten.

Nicht in einem Monat, nicht einer Woche, nicht ein paar Tagen.

Nein, schon am nächsten Tag.

Ich wollte nicht weg. Vater war noch in Moerdijk und konnte also sicher nicht mit. Außerdem glaubte ich die Geschichte mit dem Kinderlager nicht. Wir saßen hier in Vught nicht umsonst hinter einem drei Meter hohen Stacheldrahtzaun fest, nach Altersgruppen getrennt zu Hunderten in einer Baracke. Täglich sah ich, wie Kinder geschlagen und getreten wurden, und einmal sogar, wie ein kleiner Junge erschossen wurde. Einfach so, weil er nicht schnell genug verschwunden war. Er lief da so lang, und sie haben einfach geschossen.«

Emanuel tat so, als würde er auf die Kühe auf der Weide schießen, die dem vorbeirasenden Zug träge hinterherschauten. »Puff. Tot.«

»Wenn ein Menschenleben so wenig wert ist, dachte ich, dann baut man doch kein spezielles Kinderlager irgendwo weit weg im Osten. Wenn sie wirklich unser Bestes gewollt hätten, dann hätten sie ein Lager in der Nähe gebaut. Oder besser gesagt, sie hätten uns nie aus Amsterdam vertrieben oder auch nur gezwungen, diesen elenden Stern zu tragen.«

In Marits Kopf pochte es. So wie Emanuel die Geschichte erzählte, tonlos und fast ohne Emotionen, traf sie das Grauen besonders hart. Sie sah ihn vor sich, wie er da ging, mit dem Baby auf dem Arm, im Chaos und mit einem einzigen Gedanken – dass seine kleine Schwester überleben sollte.

Ein Schauder kroch ihr den Rücken hinauf. In der Schule hatten sie im Geschichtsunterricht schon öfter über den Holocaust gesprochen, über die Vernichtung der Juden. Sechs Millionen Juden wurden ermordet, wie Tiere auf dem Schlachthof. Aber was sollte man sich schon unter sechs Millionen vorstellen? Es war nicht mehr als eine Zahl in einem Buch, umgeben von etwas Text. Aber jetzt, da Emanuel so vor ihr saß, wurde ihr klar, dass es sich um echte Menschen gehandelt hatte – echte Menschen, die Angst gehabt hatten, die traurig gewesen waren oder tapfer, die das Beste daraus gemacht hatten. Nicht sechs Millionen Juden wurden ermordet, dachte sie, sondern sechs Millionen Mal ein Mensch.

»Wir standen auf der Liste für den ersten Zug, weil Mutter zwei Kinder unter vier Jahren hatte«, fuhr Emanuel fort. »Es führte kein Weg dran vorbei. Ich wollte nicht mit, wusste aber, dass ich mein Leben nicht retten konnte, dafür war ich zu groß und die Überwachung zu streng. Dasselbe galt für Kitty und Saartje, aber Rachel? Sie war bloß ein kleines Päckchen, vielleicht konnte ich sie irgendwo verstecken. Ich dachte: Wenn wir morgen früh zu Fuß zum Bahnhof gehen und ich trage sie und Menschen stehen am Straßenrand, drücke ich sie jemandem einfach plötzlich in die Arme. Dann hätte sie zumindest eine Chance. Aber Mutter wäre niemals damit einverstanden. Zusammen schaffen wir das, sagte sie immer. Zusammen. Und genau das war das Problem. Entkommen konnten wir nicht zusammen, ich musste es also heimlich machen.«

»Aber wie denn? So was fällt doch auf?«

Emanuel zuckte die Schultern. »An diesem Abend habe ich Vorbereitungen getroffen. Auf die Rückseite des einzigen Familienfotos, das wir dabeihatten und auf dem wir alle abgebildet waren, schrieb ich, dass das Baby Rachel hieß und vor den Nazis versteckt werden musste. Dass Vater, der noch in Moerdijk war, sie bald abholen würde. Ich bat Mutter um das Silbermedaillon, das Rachel zur Geburt bekommen hatte. Von einem befreundeten Goldschmied, ebenfalls einem Juden, der kurze Zeit später deportiert wurde. Er hatte gesagt: Nutzt dieses Geschenk, um dort zu überleben, wo es eigentlich kein Leben mehr gibt. Es war das einzig Wertvolle, das wir noch hatten, und ich log Mutter an, sagte, ich würde es gegen Essen für die Zugfahrt eintauschen. Auf die Rückseite des Fotos schrieb ich, dass das Medaillon dazu dienen sollte, fürs Erste die Kosten für Rachels Verpflegung zu tragen. Mein Plan war, das Foto und das Medaillon am nächsten Tag unter Rachels Kleidung zu verstecken.«

»Morgens sagte ich Mutter, dass ich Rachel tragen würde, dann könnte sie Saartje nehmen. Sie wunderte sich ein bisschen, weil Kitty das meistens machte. Aber sie war einverstanden. Ich erschrak fast zu Tode, als ich sah, dass Busse uns zum Bahnhof bringen würden. Die

Nazis waren ja nicht dumm. Sie wollten möglichst wenig Aufruhr verursachen, außerdem hätte es viel zu lange gedauert, so viele Kinder so weit zu Fuß gehen zu lassen.

Eine Busfahrt hieß aber, dass ich nur noch am Bahnhof eine Chance hätte. Dort herrschte Chaos. Ein einziges Durcheinander. Zum Glück. Ich passte genau auf, wo die Soldaten standen und was sie taten, und sah, dass der Bahnhofsvorsteher Schwangere und Mütter mit ganz kleinen Kindern in seinen Warteraum ließ. Also ging ich auch dorthin, sprach ihn an, kurz bevor er sich in seine Wohnung zurückzog, und drückte ihm Rachel in die Hand. Sie sah mich mit großen Augen an, gab aber keinen Mucks von sich.

Fünf Minuten später saßen wir alle im Zug.«

Auf der Bank ihr gegenüber saß Emanuel wie ein Roboter. Die Wörter kamen eines nach dem anderen tonlos aus seinem Mund und er sah sie nicht an, keinen Augenblick.

»Wie schrecklich«, sagte Marit. »Dass du dich das getraut hast! Und deine Mutter?«

Noch bevor sie den Satz beendet hatte, löste sich Emanuel vor dem Hintergrund der blauen Bank in Luft auf.

»Hast du etwas gesagt, Liebes?«, murmelte Hendrikje schlaftrunken.

»Nein, nein, nichts.«

»Du bist genau wie Johanna, weißt du das? Die

konnte auch stundenlang Selbstgespräche führen, und dann war es wirklich, als wäre jemand bei ihr, ihr gegenüber. Manchmal dachte ich, sie lebt in einer anderen Welt.«

Plötzlich Mutter sein

»Ich fühle mich wie gerädert«, seufzte Hendrikje. »Das Lager, der Bahnhof, es ist alles so lange her, aber plötzlich fühlt es sich an wie gestern.« Sie legte Marit die Hand auf den Arm. »Damals saß ich auch im Zug nach Hause, mit einem Kind. Meinem Kind. So kam es mir vor. Hans war erschossen worden, weil er versucht hatte, Kinder zu retten, jetzt war ich an der Reihe. Und ich habe mich zu Tode gefürchtet, Marit.«

»Hat man dich da komisch angesehen, im Zug?«

»Zum Glück war fast niemand im Abteil und ich sah aus wie eine junge Mutter. Aber was, wenn Nazis hereinkamen und mich fragten, wie das Kind hieß? Ich hatte keine Ahnung. Und meinen Eltern, was sollte ich denen erzählen? Und Hans' Eltern? Wie sollte ich das Mädchen vor all den Klatschbasen im Dorf geheim halten, die genau wussten, dass ich unmöglich innerhalb so kurzer Zeit schwanger gewesen sein *und* ein Kind bekommen haben konnte? Die ganze Fahrt zerbrach ich mir den Kopf darüber, während das Baby an meinem kleinen Finger nuckelte.«

Meine Probleme lösten sich ganz von allein. Offenbar hatten die Nazis meine Eltern wissen lassen, dass ich freikam, denn ganz unerwartet stand mein Vater mit seinem Pferdewagen am Bahnhof und erwartete mich. Als ich auf ihn zuging, sah ich sofort, dass er heilfroh war, mich wiederzusehen, und auch, dass er es wusste, das mit Hans. Er sprang vom Kutschbock und nahm mich in die Arme und erdrückte dabei fast das Päckchen, das ich festhielt.

»Vorsicht, Vater«, flüsterte ich und schob die Lumpen ein bisschen zur Seite, damit er das Köpfchen sehen konnte.

Mein Vater ließ sich nicht so schnell ins Bockshorn jagen, aber da zog er doch die Augenbrauen hoch vor Schreck.

»Vom Bahnhofsvorsteher bekommen«, sagte ich und seine Augenbrauen hoben sich wenn möglich noch höher.

»Es ist ein jüdisches Baby«, flüsterte ich. »Aus dem Lager.«

Hendrikje lachte. »Er sah sich das runde Köpfchen an, blickte sich um, nahm mich bei der Schulter und sagte: ›Gut gemacht, Mädchen. Und jetzt lass uns losgehen.‹«

Ich war als Einzige ausgestiegen, und weil es schon spät war und die Straßen verlassen waren, hatte mich noch niemand mit dem Kind gesehen. Wir fanden es besser, wenn das vorläufig so blieb. Mein Vater entfernte sich sofort aus dem Dorf, fuhr über die Felder und hinten herum zu unserem Bauernhof.

Zu Hause stürzte sich meine Mutter gleich auf die Kleine. Zusammen holten wir sie aus dem Tuch, in das sie gewickelt war. Jetzt war sie hellwach und sah uns mit ihren schwarzen Augen freundlich an, ohne einen Laut von sich zu geben, genauso wie sie die ganze Zugfahrt lang keinen Mucks getan hatte.

Ihre Windel war durchnässt und ihr ausgewaschenes weißes Baumwollleibchen war am unteren Rand ebenfalls nass. Auf der Brust war in ganz zarten Stichen ein Name eingestickt.

Rachel.

Hendrikje rümpfte die Nase. »Sie stank ein bisschen, also haben wir sie erst gebadet, bevor wir sie gefüttert haben.«

Als ich ihr das Leibchen auszog, merkte ich, dass etwas darunter verborgen war. Ein Umschlag mit einem leicht zerknitterten Foto und einem kleinen Silbermedaillon. Auf dem Foto war eine junge Familie: Vater, Mutter und vier Kinder. Zwei größere, ein etwa vierzehnjähriger Junge und ein etwa zwölfjähriges Mädchen mit Zöpfen. Zwischen diesen beiden standen ein ungefähr dreijähriges Mädchen und eine Wiege mit einem Baby darin. Bestimmt war es dieses Kind.

Zwei Dinge fielen mir auf: wie liebevoll alle zum Baby schauten, und dass die Mutter eine Geige in den

Händen hielt, als würde sie spielen. Das verlieh dem Bild etwas Warmes, Intimes.

Auf der Rückseite des Fotos stand in fürchterlicher Krakelschrift, dass das Kind Rachel heißt und ob wir es beschützen würden, bis der Krieg vorbei wäre und seine Familie es abholen könnte. Das Medaillon sollte als Anzahlung für die Unkosten dienen.

Marit zog das Medaillon unter ihrem T-Shirt hervor.

»Genau«, sagte Hendrikje, »dieses Medaillon. Da ist etwas eingraviert, auf Hebräisch, und darunter steht ein Datum.«

»18. Februar 1943«, flüsterte Marit.

Hendrikje sah sie an.

»Genau. Der 18. Februar 1943. Bestimmt war das Rachels Geburtstag.«

Noch am selben Abend kamen Hans' Eltern vorbei. Seine Mutter sah gebrochen aus. Weinend fiel sie mir um den Hals, und in diesem Moment brach auch ich zusammen. Minutenlang weinten wir gemeinsam, dann führte ich sie in das kleine Zimmer nach hinten hinaus, wo Rachel in der Wiege lag, in der auch ich gut zwanzig Jahre früher gelegen hatte. Sie schlief, frisch gewaschen und mit einem zufriedenen Lächeln um den Mund.

»Hans hat sein Leben riskiert, um Kinder wie sie zu retten«, sagte ich. »Heute Nachmittag habe ich die Gelegenheit bekommen, dasselbe zu tun. Es ist unser

Kind, von Hans und von mir.« Und plötzlich hatte die Kleine vier stolze Großeltern.

Aber natürlich war es besser, sie vor der Außenwelt zu verstecken.

»Niemand darf herausfinden, dass sie jüdisch ist«, sagte meine Mutter. »Gib ihr einen katholischen Namen, und wenn es sein muss, tun wir so, als hättest du sie bekommen.«

Ich war stolz auf meine Mutter. Wenn sie behauptete, es sei mein Kind, würden sich alle das Maul zerreißen: eine unverheiratete Mutter! Allerdings hätte ohnehin keiner geglaubt, dass ich mir nichts, dir nichts ein Baby bekommen hatte. Also beschlossen wir, sie in meinem Schlafzimmer zu verstecken. Auf dem Bauernhof meiner Eltern gab es nur wenige Besucher, und weil ich vorläufig noch nicht unterrichten musste, konnte ich viel Zeit mit ihr verbringen.

In diesem Sommer spazierte ich regelmäßig mit ihr in einem Korb zu Hans' Eltern. Als würde ich ihnen Brot vorbeibringen.

Ich entschied mich für den Namen Johanna. Es bedeutet: »Gott ist gnädig«.

Johanna war ein ganz liebes Baby. Durch die frische fette Kuhmilch waren ihre eingefallenen Wangen innerhalb einer Woche verschwunden, und mit ihren großen dunklen Augen konnte sie mich ganz aufmerksam ansehen. Als würde sie denken: Da stimmt doch was nicht. Erst hatte meine Mutter schwarzes Haar und jetzt ist sie blond. Aber sie hatte nichts dagegen.

»In wenigen Minuten erreichen wir Boxtel. Dieser Zug fährt als Nahverkehrszug weiter in Richtung Eindhoven«, erklang eine Durchsage.

Marits Vater erwartete sie mit dem Auto am Bahnhof.

»Kein Pferdewagen«, sagte Marit beim Einsteigen, »aber mindestens so bequem.«

Hendrikje lachte.

»Habe ich da was verpasst?«, fragte Marits Vater.

Zum Ende hin

Es war vier Uhr nachmittags. Hungrig fuhr Marit mit dem Fahrrad vom Hockey nach Hause. 8:6 gewonnen, und sie hatte zwei Tore geschossen. Aber das war eigentlich schon wieder vergessen. Die Geschichte ihrer Großmutter ließ sie nicht los, die Geschichte von Rachel, die vor fast siebzig Jahren auf dem Bahnhof in Vught eine neue Mutter bekommen hatte und so den Krieg überlebte, gleichzeitig aber ihre leibliche Familie für immer verlor.

Ihre Oma Fliegmaschine.

Wie seltsam, dass sie jetzt schon so viel mehr von ihr wusste als zu ihren Lebzeiten.

Gestern Abend hätte sie Hendrikje gern noch mit Fragen gelöchert, doch die war wirklich hundemüde gewesen.

»Es fühlt sich an, als würde ich das alles noch einmal erleben. Ich spüre wieder die Spannung, die Angst«, sagte sie auf dem Weg zu ihrem Haus. »Ich weiß, dass du jetzt am liebsten alles erfahren würdest, Marit, aber es ist mir zu viel. Morgen.«

Ihr Vater hatte ganz misstrauisch geschaut.

»Was ist da eigentlich los, Marit?«, fragte er. »Alte Leute gehen nicht einfach so in eine KZ-Gedenkstätte. Und dreizehnjährige Mädchen schon gar nicht.«

Marit wusste, dass Ausflüchte zwecklos waren, wenn ihr Vater erst mal anfing, logisch zu denken, und dass er so lange weiterbohren würde, bis er eine befriedigende Antwort bekommen hatte. Also erzählte sie ihm alles. Na ja, fast alles: die Geschichte von Hendrikje und die der Postkarten. Dass Emanuel sie immer wieder besuchte, behielt sie für sich.

Es erleichterte sie ungemein, ihrem Vater alles zu erzählen. Vor allem, weil es ihn wirklich interessierte. »Es kam mir immer schon so vor, als hätte es etwas mit den Frauen in dieser Familie auf sich«, sagte er, »aber ich habe nie genau gewusst, was. Das erklärt so einiges.« Dann stellte er die Frage, die Marit ebenfalls schon eine Weile beschäftigte. »Wann erzählt ihr es eigentlich Eva?«

Gute Frage. Aber hätte ihre Großmutter das nicht selbst tun sollen?

So ein Pech. Bei Hendrikje brannte kein Licht. Vielleicht war sie ja im Altersheim, dort spielte sie sonntags öfter mit Freundinnen Karten.

Marit lehnte ihr Fahrrad an den Schuppen. Auch bei ihnen war alles dunkel. Ihr Vater war bestimmt ebenfalls weg. Sie schloss die hintere Haustür auf und stellte ihren Hockeyschläger und ihre Tasche ab. Ein abgerissenes Stück Zeitungspapier lag auf dem Küchentisch:

> Bin mountainbiken.
> In dem Topf ist Suppe für Dich.
> PS: Hoffentlich habt Ihr gewonnen.

Marit hob den Deckel ab. Sofort stand Emanuel neben ihr.

»Tomatensuppe, lecker!«

Marit rümpfte die Nase. Ihr wären ein paar Euro für Pommes lieber gewesen. Ihr Vater wusste doch, wie aushungert sie meistens vom Hockey zurückkam. Trotzdem wärmte sie die Suppe auf und setzte sich an den Tisch. Emanuel nahm ihr gegenüber Platz. Mit dem Blick folgte er jedem Löffel bis zu ihrem Mund.

»Du darfst auch was haben«, sagte sie irritiert, als sie merkte, dass er sie so genau beobachtete.

»Ha ha«, antwortete er bedrückt.

»Na gut, dann erzähl mir genau, was passiert ist, nachdem du Rachel abgegeben hast. Ist deine Mutter nicht ausgerastet?«

Emanuel schnaubte. »Ganz schlimm! Zum Glück war der Zug schon angefahren, als sie es gemerkt hat. Wir mussten nämlich sofort einsteigen, nachdem ich Rachel abgegeben hatte. Ich konnte mich gerade noch in den Waggon quetschen, in dem meine Mutter und meine Schwestern verschwunden waren. Ich musste regelrecht darum kämpfen, so groß war der Andrang, aber ich habe es geschafft. Kaum war ich drin, schoben Soldaten die schwere Tür hinter uns zu und der Zug fuhr an. Es dauerte eine Weile, bis ich bei meiner Mutter war. Sie umarmte mich, ließ mich dann jedoch erschreckt los.

›Wo ist Rachel?‹, flüsterte sie entsetzt.

›Ich habe sie dem Bahnhofsvorsteher gegeben‹, sagte ich. ›Er bringt sie in Sicherheit. Noch ein Lager würde sie nicht überleben.‹

›*Was* hast du gemacht? *Wem* hast du sie gegeben?‹

Abrupt drehte sie sich um und drängelte sich zur Tür durch, ohne mich überhaupt noch anzusehen.

›Aufmachen‹, schrie sie. ›Mein Kind ist noch da draußen. Aufmachen!‹

Wir waren bestimmt schon drei Minuten unterwegs und der Zug fuhr relativ schnell, also hörte sie niemand da draußen.«

Emanuel nagte an der Oberlippe.

»Andere Eltern im Waggon versuchten, meine Mutter zu beruhigen, und sagten, dass Rachel so zumindest eine Chance hätte.

›Aber es ist mein Kind‹, sagte sie weinend und ließ sich auf den Boden sinken.

Ich stand bloß da und sah zu. Ich fand es schrecklich für sie, aber meine kleine Schwester war jetzt in Sicherheit und das war das Wichtigste.«

»Wow«, sagte Marit. »Und was haben Kitty und Saartje dazu gesagt?«

Emanuel zuckte die Schultern und schaute unwirsch weg.

»Stunden später, in Westerbork, mussten wir aussteigen und wurden alle zusammen in zwei Baracken gepfercht. Die Fahrt sollte am nächsten Tag weitergehen, sobald der zweite Zug aus Vught da war. Meine Mutter sagte den ganzen Abend kein Wort, sie kämmte bloß Saartjes Haar und starrte vor sich hin.

Kitty fand, dass ich daran schuld war, aber ich dachte nur: Rachel ist frei.«

Emanuel lachte leise, doch seine Augen lachten nicht mit.

»Der Waggon, in den wir am nächsten Tag einsteigen mussten, war leer. Völlig kahl. In einer Ecke stand ein Eimer für die Notdurft, in der anderen ein Wassereimer. Ich war als Erster im Waggon und zog Saartje, Kitty und Mutter hinein. Wir setzten uns so weit wie möglich von dem Fäkalieneimer weg. Diese Lektion hatten wir am vorigen Tag gelernt.

Immer mehr Kinder wurden hineingehoben. So viele, dass es eigentlich keinen Platz mehr gab, und dann mussten noch mehr rein. Einige mit ihren Eltern, viele allein. Überall flossen Tränen, alle riefen durcheinander, und wer noch hinausschauen konnte, winkte denen, die auf dem Bahnsteig zurückblieben.

Nach zehn Minuten wurden die Türen zugeknallt und der Zug fuhr an.«

Marit sah Emanuel mit gerunzelter Stirn an. »Wusstet ihr, wohin der Zug fährt?«

»Glaubst du etwa, die Nazis hätten uns Fahrkarten ausgeteilt?« Es klang gereizt. »Wir waren in einem Viehwaggon zusammengepfercht. Schweine kriegen keine Fahrkarte, und niemand erzählt ihnen, wohin die Reise geht. So war das auch mit uns. Beeilen sollten wir uns, ab in den Zug und die Klappe halten.«

Leise schüttelte er den Kopf. »Schrecklich war es. Wegen der Sonne, die aufs Dach knallte, war es tagsüber stickig. Man konnte fast nicht mehr atmen. Deshalb legten Kitty und ich abwechselnd den Mund an ein kleines Loch in der Planke, an die wir uns lehnten. Dann haben wir doch ein bisschen frische Luft bekommen. Und so sind wir immer weitergefahren, tagelang wie Schweine in einem Stall auf Rädern eingesperrt.«

Marits Löffel lag unbenutzt in dem Teller mit erkaltender Suppe.

»Iss«, sagte Emanuel. »Du musst essen.«

Marit schaute hinunter. Zwei Hackfleischbällchen trieben in der roten Brühe.

»Ich habe keinen Hunger mehr.« Sie schob die Suppe von sich.

Emanuel zeigte auf den Teller. Mit zitternder Hand. »Essen darf man nie ablehnen«, sagte er und seine Stimme überschlug sich. »Was du im Magen hast, kann dir keiner mehr wegnehmen.«

Seufzend nahm Marit noch einen Löffel.

»Jedes Mal, wenn sich das Tempo verlangsamte oder wir einen mitreisenden Soldaten sahen, fragten wir, wo es hingehe, ob wir fast schon da seien und ob wir vielleicht mehr Wasser haben könnten. Aber niemand hörte uns zu. Als würden wir gar nicht existieren. Unsere Körper schon, aber nicht das, was wir sagten.«

»Plötzlich blieb der Zug stehen und die Türen gingen auf. Ich sah ein Schild: Sobibor.

Da waren Männer, Männer mit Hunden. Sie schrien, dass alle aussteigen sollten. Ein Mann sagte in seltsamem Deutsch, dass wir schmutzig sind und duschen sollten. Wir mussten uns ausziehen. Einfach so, mitten auf dem Bahnsteig. Männer, Frauen und Kinder durcheinander.

Zuerst wollte ich nicht, aber als sogar meine Mutter sich auszog – ich hatte sie noch nie nackt gesehen –, gehorchte ich auch. Auf einmal drehte meine Mutter sich zu mir um. ›Du hattest recht, Emanuel‹, sagte sie und strich mir über den Kopf. ›Dank dir hat sie eine Chance bekommen. Ich bin so stolz auf dich.‹«

Marit sah eine Träne über Emanuels Wange kullern.

»Hand in Hand sind wir in den Duschraum. Er war groß, aber längst nicht groß genug für alle. Wir mussten uns hineinzwängen, bis wir dicht an dicht standen. Dann ging die Tür mit einem Knall zu.«

Die Geige

Eine Stunde später lag Marit im Bett und fühlte sich elend. Unter Emanuels scharfem Blick hatte sie den ganzen Teller ausgelöffelt, doch die Suppe hatte ihr überhaupt nicht geschmeckt und lag ihr jetzt schwer im Magen. Immer wieder spulte sich Emanuels Geschichte wie ein Film in ihrem Kopf ab. Sie sah ihn in dem schmutzigen, brechend vollen Zug sitzen, zusammen mit Kitty und der kleinen Saartje, sah sie durch das Loch in der Planke nach Luft schnappen. Sah, wie sie langsam verzweifelten vor Unsicherheit, Panik und Hunger und schließlich aus dem Zug getrieben wurden, wie sie sich ausziehen mussten und …

Emanuel und Kitty. Und all die anderen armen Kinder.

Und Saartje.

Saartje war gerade einmal drei Jahre alt gewesen. Drei Jahre!

Ächzend erhob sich Marit und trat ans Fenster. Ihre Beine zitterten und waren ganz wackelig. Die Stirn an die angenehm kühle Scheibe gedrückt, konnte sie gerade noch erkennen, dass ein Lichtstreifen von Hendrikjes Fenster auf den Boden fiel.

Ihre Urgroßmutter war zu Hause!

* * *

Wieder schien es, als habe Hendrikje sie schon erwartet. Sie saß mit zwei Bechern und einer Kanne frisch gebrühtem Pfefferminztee vor sich am Tisch. Ein Becher für sie selbst und einer für Marit.

Hendrikje sah im Vergleich zu gestern definitiv besser aus, fand Marit. Sie wirkte nicht mehr so alt und außerdem irgendwie erleichtert, als wäre ihr ein großes Gewicht von den Schultern genommen worden.

Marit griff nach dem Becher, den Hendrikje für sie eingeschenkt hatte, und überfiel sie gleich mit ihrer Frage.

»Ist Rachel bei dir geblieben, weil keiner aus ihrer Familie den Krieg überlebt hat?«

Hendrikje nickte. »Es war seltsam. Nach der Befreiung habe ich mit einem zweijährigen Mädchen im Arm auf der Straße getanzt. Die Leute im Dorf müssen geahnt haben, dass das gar nicht sein kann, aber niemand hat mir Fragen gestellt, und das war mir ganz recht. Johanna war ein großartiges Kind und ich habe im Stillen gehofft, dass niemand kommt, um sie abzuholen. Gleichzeitig betete ich darum, dass es geschehen möge, weil dann nämlich wenigstens einer aus ihrer Familie diese schrecklichen Lager überlebt hätte. Doch keiner ist gekommen.«

Hendrikje trank einen Schluck Tee und sah Marit kopfschüttelnd an.

Deshalb bin ich fünf Monate nach der Befreiung selbst nach Amsterdam gefahren, um nachzufragen, ob vielleicht doch jemand aus Rachels Familie zurückgekommen war. Am Bahnhof wurde ich an ein Dienstzimmer verwiesen, wo sich die zurückgekehrten Lagerinsassen melden sollten. Dort führten sie auch die Listen derer, die mit Sicherheit nicht überlebt hatten.

Sie zeigten mir, dass alle Kinder der Familie Spier zusammen mit ihrer Mutter auf der Transportliste vom 8. Juni 1943 standen. Nicht nur Emanuel, Kitty und Saartje, sondern auch Rachel. Scheinbar hatten die Nazis gar nicht gemerkt, dass sie weg war. Der Zug mit ihrem Bruder, ihren Schwestern und ihrer Mutter muss von Westerbork aus direkt weiter nach Sobibor gefahren sein, wo sie, drei Tage später, alle vier vergast wurden, zusammen mit allen anderen Kindern.

Marit spürte, wie ihr Magen sich wieder bedrohlich zusammenzog. Diese Geschichte kannte sie mittlerweile nur zu gut.

Hendrikje merkte nichts davon.

Ihr Vater wurde einen Monat später deportiert, nach Auschwitz. Dort war er noch kurz im Arbeitslager, er ist aber auch gestorben. Genauso wie alle ihre Verwandten – Onkel, Tanten, Cousins und Cousinen –, keiner hat den Krieg überlebt. Unvorstellbar. Eine ganze Familie, auf einen Schlag ausgelöscht.

Auf der Transportliste hatte ich gesehen, wo die Familie Spier gewohnt hatte, bevor sie nach Vught musste, und dachte: »Ich gehe mal schauen, wo Rachel geboren wurde, einfach nur, damit ich es ihr eines Tages erzählen kann.«

Hendrikje legte die Hand über die Augen.

Es war schrecklich. Die ganze Straße war verlassen und machte einen gespenstischen Eindruck. Alle Häuser waren geplündert, die Türen herausgebrochen, oft mitsamt Rahmen. Hier und da flatterte noch ein Vorhang im Wind, aber da war keine Spur mehr von Leben.

Es dauerte eine Weile, bis ich die Hausnummer 31 gefunden hatte. Anklopfen konnte ich nicht. Auch hier, im ersten Stock, waren die Tür und der Rahmen verschwunden. Hier war schon vor Jahren alles ausgeraubt worden. Auf dem Boden waren noch ein paar Scherben, der letzte Rest eines schönen Service, und in einer Ecke lag ein einsamer Löffel herum. Alles Wertvolle oder Brennbare war verschwunden.

Ich bekam Gänsehaut, als ich so durch Rachels Wohnung ging. Es fühlte sich seltsam an und am liebsten hätte ich auf dem Absatz kehrtgemacht, wäre zurück zum Bauernhof gerannt, aber ich zwang mich, dazubleiben und mir jedes einzelne Zimmer gründlich anzusehen.

In der kleinen Küche lag eine Wandkachel auf dem Boden, mit der Vorderseite nach unten und in drei Teile zerbrochen. Ich kniete mich hin, drehte die Teile vorsichtig um und legte sie aneinander.

Traures Heim, Glück allein

Als ich wieder aufstehen wollte, fiel mir etwas ins Auge: ein Stück Holz in einem der geplünderten Küchenschränke. Es fiel mir auf, weil es seltsam war, in diesem restlos leer geräumten Haus noch Holz zu sehen. Wahrscheinlich hatte derjenige, der die Türen der Küchenschränke so brutal herausgebrochen hatte, nicht gesehen, dass sich hinten im Schrank noch ein Holzteil befand.

Es war völlig unsinnig, aber ich bin hingekrabbelt und habe es gestreichelt, weil es das einzige irgendwie Lebendige war. Vielleicht fühlte es sich deshalb so kostbar an, obwohl es nur ein Brett war, etwa in dieser Größe.

Hendrikje hielt die Hände ein Stück weit auseinander.

Als ich es berührte, spürte ich, dass es locker war, und zog daran. Zu meiner Überraschung war ein Hohlraum dahinter. Vorsichtig steckte ich die Hand in das entstandene Loch und fühlte etwas Glattes. Ich betastete es, blieb an etwas hängen, und ein schöner, dumpfer Klang ertönte.

Ein Musikinstrument.

Mit beiden Händen zog ich es aus dem Loch und da erkannte ich, was es war: eine Geige. Es musste die Geige sein, die Rachels Mutter auf dem Familienfoto spielt. Als ich die Hand zum zweiten Mal in den Hohlraum schob, fand ich einen Geigenbogen.

Ich zögerte, versteckte die Geige dann aber doch, so gut es ging, unter meinen Mantel. Ich dachte: Es ist das einzig Greifbare, was ich Rachel noch aus ihrer Vergangenheit geben kann, zusammen mit dem Medaillon und dem Foto. Wenn ich es in der Wohnung gelassen hätte, wäre es für immer verloren gewesen.

Es sah unmöglich aus, wie ich da mit der Geige unterm Mantel aus dem Haus schlich, und ich bildete mir ein, dass alle, die mir auf dem Weg zum Bahnhof begegneten, auf den ersten Blick sahen, dass ich etwas hatte mitgehen lassen. Ich war richtig erleichtert, als ich wieder zu Hause war.

»Mamas Geige«, sagte Marit. »Das ist sie, oder?«

Hendrikje nickte. »Johanna hat diese Geige geliebt, aber sie war überhaupt nicht musikalisch. Eva schon, also hat sie sie ihr geschenkt. An ihrem dreizehnten Geburtstag.«

»Weiß Mama eigentlich, wem die Geige einmal gehört hat?«

»Ich fürchte nicht, Marit.«

»Warum nicht?«

Hendrikje zögerte. »Das hat deine Großmutter so entschieden. Es war ihre Geschichte, nicht meine, und sie wollte sie nie jemandem erzählen.«

»Aber jetzt wissen wir es alle, sogar Papa. Wir müssen es ihr sagen.« Marit sah auf die Uhr. »Sollen wir sie anrufen? Es ist Viertel nach sieben, vielleicht schaffen wir es gerade noch.« Sie sprang auf, suchte nach Hendrikjes Telefon.

Die Nummer ihrer Mutter kannte sie in- und auswendig. Sie hatte sie schon oft gewählt, obwohl sie genau wusste, dass Eva es gar nicht ausstehen konnte, vor einem Konzert angerufen zu werden. Und weil ihre Mutter *immer* Konzerte gab, passte es ihr eigentlich nie. Das hörte Marit immer gleich, wenn ihre Mutter ans Telefon ging. Dann war sie kurz angebunden, mit den Gedanken woanders. Also hatte sie in letzter Zeit immer seltener angerufen. Reden konnte sie auch mit ihrem Vater oder mit ihrer Urgroßmutter. Die nahmen sich zumindest Zeit für sie.

Es klingelte. Marit stellte das Telefon auf Lautsprecher, damit Hendrikje mithören konnte, und legte den Hörer auf den Tisch. Gespannt sah sie ihre Urgroßmutter an, während das Telefon immer weiter klingelte. Diese nickte beruhigend.

Klick.

Dies ist der Anrufbeantworter der Violinistin Eva de Rijk.

Ich stehe gerade auf der Bühne und kann den Anruf nicht entgegennehmen. Bitte hinterlassen Sie eine Nachricht nach dem Piep oder wenden Sie sich an meinen Manager.

Piep.

Marit sah ihre Urgroßmutter enttäuscht an.

Sie legte eine Hand auf den Hörer. »Und jetzt?«

»Bitte sie, uns zurückzurufen. Sag, es geht um Johanna.«

»Hallo, Mama, ich bin's. Weißt du …«

Piiiep, piiiep.

»Mist, zu lange gewartet«, sagte Marit. »Oder ihre Mailbox ist schon voll.« Mit einem tiefen Seufzer legte sie wieder auf.

Hendrikje schenkte ihr noch eine Tasse Tee ein.

Drrring.

Marit wäre die Tasse fast aus den Händen gefallen. »Deine Mutter«, sagte Hendrikje und nahm den Anruf entgegen.

»Hallo, hier ist Hendrikje.«

»Hallo, Oma, hat Marit gerade von deinem Telefon aus angerufen? Ich war nicht schnell genug.« Evas Stimme klang blechern.

Hendrikje lächelte. »Ja, Marit und ich haben versucht, dich zu erreichen, aber deine Mailbox sagte, du stehst schon auf der Bühne.«

Es blieb einen Moment still.

»Eva?«

»Ich spiele nicht. Ich habe das Konzert heute Abend

abgesagt«, sagte sie mit dünner Stimme. »Mir geht's nicht gut, schon den ganzen Tag nicht.«

Marit sah Hendrikje beunruhigt an. Ihre Mutter sagte nie ein Konzert ab.

Überhaupt nie. Nicht einmal, wenn sie Fieber hatte.

Schluchzen erklang am anderen Ende der Leitung.

»Was ist los, Mama?«

»Ich weiß nicht. Mir geht's schon den ganzen Tag so schlecht. Und als ihr dann plötzlich angerufen habt, dachte ich …«

Wieder blieb es eine Weile still.

»Es ist ganz seltsam.« Jetzt flüsterte Eva fast. »Meine Mutter hat mir nie Briefe geschrieben. Nie. Aber heute Morgen …«

Marit schnappte nach Luft. »Ein Brief?«

Sie sah Hendrikje leise den Kopf schütteln.

»Ach, Johanna«, murmelte sie.

»Heute Morgen wurde ein dicker Umschlag im Hotel abgegeben. Ohne Absender, aber mit meinem Namen drauf. Zuerst dachte ich, es ist bloß Fanpost, also habe ich ihn weggelegt, aber irgendwie schien mich der Umschlag zu zwingen, ihn zu öffnen.

Babykleidung war darin, ein weißes und anscheinend uraltes Leibchen mit einer fast abgeriebenen Stickerei auf der Brust. Ein Namenszug: Rachel.«

Das hat einmal meiner Oma gehört, dachte Marit und nahm Hendrikjes Hand.

»Und es war noch ein uraltes Foto darin«, fuhr Eva fort. »Ein Familienfoto, und es ist ganz merkwürdig, aber die Frau auf dem Foto spielt auf meiner Geige. Ganz sicher. Auf meiner Geige.«

Hendrikje zerdrückte Marit fast die Hand.

»Von wem ist das Foto?«, fragte sie gespannt.

»Ich weiß nicht. Es sieht aus wie ein Familienfoto von früher. Ein Mann, eine Frau, drei größere Kinder und ein kleines Baby in einer Wiege. Und diese Frau hat meine Geige in der Hand. Meine Geige.«

Sie blieb einen Augenblick still.

»Außerdem, und was noch viel merkwürdiger ist, die Frau mit der Geige sieht mir ähnlich. Wirklich!

Auf der Rückseite steht etwas, in unordentlicher Krakelschrift, etwas völlig Unverständliches, hör mal:

Das ist Rachel Spier, sorgen Sie bitte gut für sie. Ihr Vater ist in Moerdijk gefangen und wir sind zum Transport eingeteilt. Wir holen sie wieder ab, wenn wir zurück sind. Das Medaillon können Sie als Anzahlung für die ersten Kosten benutzen, den Rest erstatten wir Ihnen, wenn wir sie abholen.«

Marit sah wieder zu Hendrikje hinüber. Es war bestimmt das Foto, das Emanuel unter Rachels Kleidung versteckt hatte. Unter diesem weißen Leibchen …

Sie sah, dass Hendrikje sich dieselbe Frage stellte wie sie.

Wer hatte Eva diese Sachen geschickt? Gerade jetzt? Doch nicht etwa ihre Oma?

Erneut war Schluchzen zu hören.

»Mama?«

»Bei dem Päckchen lag noch ein Brief, in einem verschlossenen Umschlag. Mein Name steht darauf und außerdem in winzig kleinen Buchstaben, in der Schrift meiner Mutter:

Erst öffnen, wenn du wieder bei Marit und Hendrikje bist.

Als ihr also angerufen habt …

Sie muss es mir selbst geschickt haben. Das beschäftigt mich schon den ganzen Tag, ich kann nicht mal mehr Geige spielen. Es geht einfach nicht, also habe ich das Konzert abgesagt. Zum allerersten Mal seit über zwanzig Jahren!«

Ihre Oma musste gespürt haben, dass sie nicht mehr viel Zeit hatte, dachte Marit, und hatte ihrer Tochter anscheinend die Geschichte doch erzählen wollen.

»Es ist kein Scherz, oder?«, fragte Eva mit immer dünner werdender Stimme.

»Nein«, sagte Hendrikje. »Ich glaube, Johanna wollte dir noch etwas erzählen, Eva.«

»Ich verstehe nicht.«

Hendrikje holte tief Luft. »Das Baby auf diesem Foto ist Johanna, deine Mutter, obwohl sie zu der Zeit noch Rachel hieß. Alle anderen auf dem Foto, ihre ganze Familie, sind im Zweiten Weltkrieg ermordet worden, weil sie jüdisch waren. Sie hat als Einzige überlebt und ich habe sie großgezogen.«

Am anderen Ende der Leitung blieb es still.

»Nur Rachel hat überlebt«, sagte Marit. »Dank

Hendrikje. Rachel und die Geige ihrer Mutter. Deine Geige.«

»Warum weiß ich das alles nicht?«

Hendrikje seufzte. »Es tut mir leid. Aber es war Johannas Geheimnis. Sie hat sich entschieden, nichts zu sagen.«

»Aber woher weiß Marit ...« Wieder blieb es am anderen Ende der Leitung still. Dann sagte Eva: »Marit, Oma Hendrikje, ich lege jetzt auf und steige ins Flugzeug. Es fühlt sich an, als hätte ich keinen Boden mehr unter den Füßen. Ich schicke euch eine SMS, sobald ich weiß, wann ich lande. Heute Abend bin ich bei euch.«

Rachel/Johanna

Marit ließ sich aufs Sofa fallen, ihr Schädel brummte und ihre Wangen glühten.

»Ich gehe gleich zum Flughafen, hat sie gesagt, und: Heute Abend bin ich bei euch. Sie will alles wissen, sagt sie.«

Eva stieg *in diesem Augenblick* ins Flugzeug. Nicht, weil ihre Tournee zu Ende war, sondern weil sie bei ihnen sein wollte, um die Geschichte ihrer Mutter zu hören.

Hendrikje lächelte.

»Ich bin froh, dass wir sie angerufen haben. Wenn jemand das Recht hat, diese Geschichte zu erfahren, ist sie das. Aber Johanna wollte sie ihr nicht erzählen, sie hat sich nicht getraut. Und jetzt hat sie also doch noch das Foto und das Leibchen geschickt.«

Marit nickte. »Schon komisch, als würde sie einfach weiterleben. Genau wie mit der Postkarte für Salomon. Wie hast du ihr denn erzählt, dass sie eigentlich Rachel heißt und dass ihre ganze Familie …?«

Hendrikje seufzte. »Du willst aber auch wirklich alles wissen, oder?«

Sie schenkte beide Becher noch einmal voll.

Johanna war ein fröhliches, kluges Kind. Alle waren hin und weg von ihr. Als ich Anfang der Fünfzigerjahre Willem heiratete, war unsere Kleinfamilie komplett. Willem war Milchmann und samstags hat Johanna ihm immer geholfen. Sie amüsierten sich prächtig zusammen, weil Willem sich mit jeder Hausfrau einen Spaß erlaubte und Johanna sich dann kaputtlachte. Der große, kräftige Willem war damals schon grauhaarig und die kleine, spindeldürre Johanna hatte rabenschwarzes Haar, aber trotzdem hielten alle sie für Vater und Tochter.

Immer öfter fragte ich mich, ob ich ihr überhaupt erzählen sollte, wer sie eigentlich war. Es würde ihr ganzes Leben auf den Kopf stellen. Aber jedes Mal, wenn ich zweifelte, bestärkte Willem mich darin, es ihr zu erzählen. Rachel hätte das Recht zu erfahren, wer sie in Wirklichkeit ist.

Dank des Medaillons wusste ich, wann Rachel geboren war, aber trotzdem feierte ich Johannas Geburtstag immer am 8. Juni, dem Tag, an dem ich sie am Bahnhof von Vught in die Arme genommen hatte und sie sozusagen neu geboren wurde.

Ich beschloss, es ihr an ihrem dreizehnten Geburtstag zu sagen, und schenkte ihr das Medaillon.

»Hier«, sagte ich, nachdem wir ihr ein Geburtstagslied gesungen hatten. »Was ich dir jetzt schenke, hast du schon als Baby getragen. Später, als du mit deinen Patschhändchen an allem rumgespielt hast, habe ich es dir weggenommen, damit es nicht kaputtgeht, und es aufgehoben, bis du alt genug dafür bist.«

Johanna lachte, zog die Nase kraus wie immer, wenn sie glaubte, dass wir sie zum Narren halten, und schüttelte das Päckchen hin und her.

»Ist da etwa meine Rassel drin?«

Sie packte das Geschenk aus. Mit angehaltenem Atem betrachtete sie das Schmuckstück, das ich auf Watte gelegt hatte.

»Ein Medaillon? Aus echtem Silber?« Sie strich darüber und klappte es dann auf.

»Und was ist das?« Sie zeigte auf die hebräischen Buchstaben. »Es sieht aus wie Wörter, aber in Russisch oder so.« Aufmerksam betrachtete sie die Gravur. »Wisst ihr, was das bedeutet? Und warum steht da ein falsches Datum? Der 18. Februar 1943?«

Fragend sah sie mich an.

Ich holte tief Luft.

»Ich werde dir jetzt eine sehr seltsame Geschichte erzählen, Johanna, aber ich glaube, dass du alt genug dafür bist. Es sind keine russischen Zeichen in dem Medaillon, sondern jiddische, hebräische.«

Vorsichtig nahm ich ihr das Medaillon ab. »Das hier bedeutet ›Leben‹.«

Johanna runzelte die Stirn. »Warum? Und dieses?«

Kurz zögerte ich. Noch gab es einen Weg zurück. Willem legte mir die Hand auf den Rücken und drückte ganz sanft.

»Rachel«, flüsterte ich.

»Rachel?«

»Ja, Rachel.«

»Ich verstehe überhaupt nichts«, sagte Johanna. »Du hast doch gesagt, dass ich es schon als Baby getragen habe? Warum habt ihr mir da ein Medaillon mit einem anderen Namen gegeben? Und was hat dieses Datum zu bedeuten?«

Marit schmunzelte. Genau! Das hatte sie auch gedacht, als sie das Medaillon zum ersten Mal aufklappte.

»Du hast es nicht von uns bekommen, ich habe es nur für dich aufbewahrt.«

An Johannas Blick sah ich, dass sie langsam wütend wurde, aber auch unsicher.

»Von wem habe ich dieses Medaillon dann?«

»Von deiner Mutter.«

»Meiner Mutter? Aber du hast doch gerade gesagt ...«

»Deine Mutter«, flüsterte ich.

Johanna legte das Medaillon auf die Watte zurück und schob es in die Mitte des Tisches.

»Ihr tut so komisch«, sagte sie. »Du erzählst merkwürdiges Zeug und Willem sagt keinen Ton.«

Willem ging um den Tisch herum und legte ihr seine großen Hände auf die Schultern.

»Du weißt doch, dass ich nicht dein Vater bin, meine Liebe?«

Johanna nickte.

»Tja, und Mama ist nicht deine echte Mutter.«

Fassungslos starrte sie mich an.

Jetzt war es also raus …

Mein Mädchen.

Über den Tisch hinweg nahm ich ihre Hand.

»Es fällt mir furchtbar schwer, dir das zu erzählen, was ich dir jetzt erzählen werde. Aber es muss sein, sonst könnte ich dir nie mehr in die Augen sehen.«

Und dann kamen mir die Wörter wie von selbst aus dem Mund. Wie ein Fluss, der durch nichts aufzuhalten war. Manchmal geriet ich ins Stocken, dann suchte ich nach den besten Wörtern, um von dem Grauen zu erzählen. Ich erzählte von dem Lager, von ihren Eltern, ihrem Bruder und ihren Schwestern. Ich gab ihr das Foto.

»Das sind sie, das ist deine erste Familie.«

Blass sah sie mich an. Ihre Augen waren feucht, doch sie weinte nicht. Und als ich fertig war, kamen die Fragen.

»Aber warum? Und was ist aus meinem Vater geworden? Und aus Hans?«

»Ich heiße Johanna«, murmelte sie, »aber ich bin Rachel.« Erneut strich sie übers Medaillon. »Ich finde es schön, obwohl es eigentlich eher was für kleine Mädchen ist.« Geschickt legte sie die Kette um.

Sie nahm das Medaillon nie mehr ab.

Marit malte mit dem Finger auf den Tisch. Sie konnte nicht stillsitzen, wenn Hendrikje so erzählte. Bei ihrer Oma waren die Wörter immer nur so herausgesprudelt. Bei Hendrikje aber nicht, die hörte meistens zu und sagte nur wenig. Diese Hendrikje war ihr neu. Als hätten sich die Wörter gegenseitig verdrängt, um aus ihrem Mund zu kommen. Zum zweiten Mal, ein gutes halbes Jahrhundert später.

Am nächsten Morgen saß mein Mädchen wie ein Gespenst am Tisch.

»Hast du davon geträumt?«, fragte ich.

»Vielleicht«, antwortete sie. »Aber ich werde immer Johanna bleiben, obwohl ich jetzt auch Rachel bin. Und du bist meine Mutter.«

Wir vereinbarten, dass nur sie anderen Menschen von ihrem Geheimnis erzählen durfte. Nur sie und nur zu dem Zeitpunkt, wenn sie es selbst wollte.

Emanuel, Kitty, Saartje und
alle anderen ...

Wie würde es mir gehen, wenn man mir plötzlich sagte, dass meine Eltern nicht meine echten Eltern sind?, fragte sich Marit, als sie schnell von Hendrikje nach Hause ging. Es fühlte sich bestimmt sehr seltsam an, aber das war nicht alles; Johanna hatte ja gleichzeitig erfahren, dass sie eigentlich anders hieß und dass ihre ganze Familie ermordet worden war. Wahnsinn!

Ihr Vater schüttelte ungläubig den Kopf, als Marit erzählte, dass Eva auf der Stelle ins Flugzeug gestiegen war. Genau in diesem Augenblick kam eine SMS auf ihrem Handy an.

Nehme den Flieger um halb elf. Kommt ihr, Oma Hendrikje, Papa und du, mich abholen? Ich will alles wissen!

»So was«, sagte Marit. »Sie will also wirklich die ganze Geschichte hören.«

»Junge, Junge«, murmelte ihr Vater. »Das geht ja ganz schön schnell. Bis zu ihrer Beerdigung war deine Oma einfach nur eine schwer beschäftigte Professorin, die nie Zeit für die anderen hatte. Und kaum ist sie tot, stellt sich heraus, dass sie als jüdisches Mädchen geboren wurde und dass Hendrikje eine ›Stille Heldin‹ ist. Und deine Mutter sagt zum ersten Mal in ihrem Leben ein Konzert ab. Viel mehr darf jetzt nicht dazukommen.«

Marit kicherte. Ihr Vater hatte natürlich recht, aber ihr tat das alles gut. Oma war ihr näher denn je, und jetzt kam auch noch ihre Mutter in die Niederlande zurück. Das war doch wirklich sagenhaft.

»Ich gehe mal kurz hoch, Papa, und schaue nach, wann Mamas Flugzeug landet, okay?« Sie rannte hinauf.

Als sie ihren Computer eingeschaltet hatte, drehte sie sich erwartungsvoll um. Genau, da war er wieder.

»Wie habt ihr Rachel wiedergefunden? Als sie sich das Medaillon umgehängt hat?«

»Ja, dann war sie auf einmal da. Unsere kleine Schwester.« Ein Lächeln legte sich auf Emanuels Gesicht. »Aber sie war kein kleines Baby mehr, sondern fast so alt wie ich. Sie lag in ihrem Bett, als wir sie gefunden haben, genau wie du, mit dem Medaillon um den Hals.«

Emanuel starrte vor sich hin. »Alle anderen wollten sie auch sehen, aber das habe ich nicht erlaubt. Sie war *unsere* Schwester. Also bin ich, zusammen mit Kitty und Saartje, zu ihr gegangen. Sie hielt das Foto in der Hand und erkannte uns sofort. ›Emanuel‹, hat sie geflüstert und sich auf die Lippe gebissen.«

Marit sah Emanuel an. Es musste schon komisch sein, die eigene kleine Schwester wiederzusehen, wenn sie genauso alt geworden war wie man selbst.

»Wir haben uns stundenlang unterhalten und gegen Morgen hat sie dann gesagt: ›Jetzt kann ich es erst wirklich glauben.‹«

»Hat sie sich gefreut? Oder war sie wütend?«

Emanuel hob eine Augenbraue. »Wütend?«

»Ja, weil du sie …«

Emanuel schüttelte den Kopf. »Nein, gar nicht. Im Gegenteil, Rachel hat sich gefreut. ›Wegen dir habe ich zwei Leben‹, sagte sie, ›eines mit euch und eines in der Gegenwart.‹ Wir wurden richtig enge Freunde. Ich besuchte sie jeden Tag, oft alleine. Erzählte ihr Geschichten von früher. Wie Mutter an Chanukka die Kerzen angezündet und Matzen gebacken hat. Wie es in der Wohnung roch, und wie schön sie Geige spielte.

Eines Tages fragte sie, ob sie auch die anderen deportierten Kinder sehen dürfe. Sie hat alle gefragt, was ihr Traum war, als sie noch lebten, und sich alles aufgeschrieben.

›Ich habe überlebt‹, sagte sie später zu mir, ›also kann ich ihre Träume noch ein bisschen verwirklichen.‹ Und so fing sie an, diese Wünsche zu erfüllen.

Der erste war der von Elias van Zorg, zehn Jahre. Das war was Witziges. Sein größter Wunsch war es, ein Fünffachdecker-Brot zu essen, mit fünf unterschiedlichen Sachen belegt.« Emanuel schmunzelte. »Rachel hat sich von oben bis unten vollgekleckert.«

157

»Warst du immer bei ihr?«

Er nickte. »Eigentlich haben wir alles zusammen gemacht. Rachel war schlau und durfte studieren. Ich wäre lieber Automechaniker geworden, aber Archäologie hat Rachel besser gefallen, also haben wir das gemacht.«

»War Rachel eigentlich glücklich?«

»Klar. Sie war frei und sie hat gelebt.«

»Sicher?«

Emanuel zögerte.

»Ich meine …« Marit wusste nicht, wie sie das am besten ausdrücken sollte. »Meine Großmutter war immer da, zumindest für euch. Für Kitty hat sie sich mit diesem Jungen geküsst, für ein anderes Kind hat sie in einem wunderschönen weißen Kleid geheiratet und für einen Dritten hat sie ein Fünffachdecker-Brot gegessen.« Marits Stimme stockte.

Emanuel rieb sich an der Nase. »So hat sie es selbst gewollt.«

Marit brauste auf. Sie warf das Wunschbuch aufs Bett. »Ja, aber was hat sie davon gehabt? Sie hat ihr ganzes Leben für euch gelebt. Einen Wunsch für jeden. Und dabei hat es euch nicht mal gegeben.«

Emanuel wurde noch durchsichtiger, als er ohnehin war.

»Entschuldigung, Emanuel, es tut mir leid. Das hätte ich nicht sagen dürfen. Es tut mir wirklich leid.«

Doch es half nicht. Emanuel verschwand wie ein winziger Punkt im Nichts.

Marit zuckte die Schultern.

»Aber so war es doch, oder?«

Schon komisch. Ihr ganzes Leben hatte sie zu ihrer fröhlichen, quirligen Großmutter aufgeschaut, die immer auf Achse war. Sie habe eine interessante Oma, sagten alle. Zumindest würde sie nicht den ganzen Tag zu Hause im Schaukelstuhl hocken. Und dabei hatte ihre Großmutter ihr ganzes Leben für die Wünsche anderer Menschen gegeben.

Gelegentlich hatte Marit einen Streit zwischen ihrer Mutter und ihrer Oma mitbekommen.

»Nie bist du da, nicht mal, wenn ich dich wirklich brauche. Alles, was du tust, ist immer nur zu deinem eigenen Vergnügen«, hatte ihre Mutter geschimpft. Statt einer Antwort hatte ihre Großmutter sich ihren Koffer geschnappt und war ins nächste Taxi gestiegen. Zwei Menschen war sie gewesen, ihre Oma. Johanna für die Außenwelt, Rachel für die deportierten Kinder.

»Marit?«

Abrupt drehte Marit sich um. Saartje saß auf ihrem Bett.

»Emanuel hat gesagt, dass du ganz doll wütend bist. Auf uns und auf Rachel.«

Marit setzte sich neben das kleine Mädchen.

»Ich bin nicht wütend, Saartje, aber meine Großmutter hat so viel für euch getan, dass ich das Gefühl habe, sie hat vergessen, ihr eigenes Leben zu leben.«

»Aber vielleicht war das ja das Leben, das sie haben wollte?« Kitty stand bei der Tür. Emanuel neben ihr. »Sie war eine von uns. Dank Emanuel hat sie das Glück gehabt, das wir nicht hatten, und dafür wollte sie sich revanchieren.«

»Aber ich fühle mich betrogen«, sagte Marit. »Meine Großmutter, meine fröhliche Oma Fliegmaschine, war eigentlich gar nicht so fröhlich, sondern jemand, der die Wünsche anderer erfüllt. Und wer war sie selbst? Wer bin ich?«

Die drei Kinder starrten sie an.

»Und jetzt? Ist ihre Aufgabe zu Ende?«

Emanuel schüttelte den Kopf und deutete auf das Notizbuch auf dem Bett.

»Sie war bei Nummer 1268 angekommen, aber es waren 1269 deportierte Kinder.«

»Marit? Wann müssen wir los? Wir brauchen mindestens anderthalb Stunden zum Flughafen, und wenn sie wirklich gerade eben eingestiegen ist …«

Marit zuckte zusammen. Das hatte sie ja ganz vergessen! Ihre Finger flogen über die Tasten.

»Mama landet um 0:24 Uhr.« Sie warf einen Blick auf ihre Uhr. Es war schon fast elf. Ihr Vater hatte recht, sie mussten sofort los.

Die Violinistin

Schiphol badete in grellem Kunstlicht. Marit hätte den Weg zur Ankunftshalle im Schlaf gefunden. Wie oft war sie mit ihrem Vater und ihrer Urgroßmutter hier gewesen, um ihre Mutter oder Oma abzuholen? Und jedes Mal hatte sie es wieder spannend gefunden. Ob sie wirklich in diesem Flugzeug saßen, wirklich zur Schiebetür hinauskommen und – das Allerwichtigste – wirklich für eine Weile mit nach Hause kommen würden?

Jetzt war es wieder so. Hatte ihre Mutter das Konzert tatsächlich abgeblasen und war wirklich ins Flugzeug gestiegen? Eigentlich unvorstellbar.

Die Türen gingen auf, und dort, wo sonst eine würdevolle Eva de Rijk herausschritt, stürmte diesmal eine zerzauste Frau in Abendgarderobe in die Ankunftshalle. Sie hatte nur ihren Geigenkoffer bei sich, weiter nichts.

Sie flog ihnen um den Hals, etwas, was die alte Eva de Rijk niemals getan hätte.

»Was ist das für eine Geschichte?«, sagte sie. »Ich will alles erfahren, auf der Stelle.«

In ihrem altbekannten gebieterischen Ton, aber diesmal fand Marit es nicht schlimm, im Gegenteil, sie war ganz damit einverstanden. Ihr Vater führte sie zu einem Café in der großen Halle.

Als alle saßen, machte Eva ihren Geigenkasten auf und holte ein verwaschenes weißes Babyleibchen und ein Foto heraus.

»Seht mal«, sagte sie, »hier ist das Foto.«

Marit saß dicht neben ihrer Mutter und betrachtete es aufmerksam. Eine Familie – Emanuel, Kitty und Saartje erkannte sie sofort –, im Vordergrund eine Wiege mit einem Neugeborenen. Hinter den Kindern standen ein etwas streng aussehender Mann und eine Geige spielende Frau.

Das müssen sie sein, dachte Marit. Die Eltern von Emanuel und Rachel. Rachels Mutter mit einer Geige. Wie ähnlich diese Frau ihrer Mutter war!

»In dem Umschlag war noch mehr drin.« Eva zog einen kleinen Brief hervor.

Erst öffnen, wenn du wieder bei Marit und Hendrikje bist,

stand darauf. Marit starrte den Umschlag an.

Die Schrift ihrer Oma. Hundertprozentig. Als wollte sie selbst nach ihrem Tod noch die Fäden in der Hand behalten. Offenbar hatte sie genau gewusst, wo Mama in dieser Woche auftrat, und sogar, in welchem Hotel sie übernachtete. Und, dachte Marit bitter, heute vor anderthalb Wochen musste sie geahnt haben, dass sie sterben würde.

Eva sah sie an. Marit wedelte mit den Händen.

Mach auf, sollte das heißen.

Hendrikje nickte ermutigend.

Mit zitternden Händen riss Eva den Umschlag auf und holte ein hauchdünnes, von oben bis unten mit Omas typischer winziger Handschrift beschriebenes Blatt heraus.

Liebe Eva,

ich bin tot, aber das ist nichts Neues mehr. Trotzdem gibt es eine ganze Menge Dinge, die ich nie gewagt habe, Dir zu erzählen. Und vielleicht war das, im Nachhinein gesehen, dumm von mir. Ich war viel zu selten für Dich da. Zu selten zu Hause, zu selten Mutter. Doch es hatte einen Grund.

Eigentlich heiße ich Rachel, ich wurde als jüdisches Kind in Amsterdam geboren und habe dank meines großen Bruders und Hendrikje den Krieg überlebt. Ich durfte leben und die anderen mussten alle sterben. Mein Bruder und meine Schwestern - du siehst sie auf dem Foto - wurden zusammen mit über tausend anderen Kindern in den Tod geschickt. Und so hatte ich etwas wiedergutzumachen, weil ich, im Gegensatz zu ihnen, eine Zukunft bekommen habe. Deshalb habe ich versucht, ihre Träume auszuleben, überall auf der Welt. Diese Träume liegen jetzt in einem Schrank in meinem Schlafzimmer, oder, was noch wahrscheinlicher ist, bei Marit unterm Bett.

Marit nickte. Eva hob eine Augenbraue und las weiter.

Mein ganzes Leben lang habe ich versucht, für andere da
zu sein, aber in meinem eigenen Leben habe ich versagt.
Ich war eine von ihnen und dabei hätte ich Deine Mutter
sein sollen. Vergib mir.
    Ich bin so stolz auf Dich. Du spielst genauso gut
Geige wie meine Mutter. Emanuel, Kitty und Saartje haben
es immer wieder gesagt. Ich konnte Dir nicht zuhören,
ohne an sie zu denken, also bin ich nicht allzu oft zu
Deinen Konzerten erschienen. Aber ab heute werde ich
immer neben meinem Bruder und meinen Schwestern in
der ersten Reihe sitzen.

    Einen Kuss von Deiner Mutter,

R

a

c

J o h a n n a

e

l

Eva ließ die Schultern sinken, sie weinte und lachte gleichzeitig. »Meine Mutter soll ein jüdisches Waisenkind gewesen sein? Ich kann es nicht fassen. Es geht alles zu schnell, aber dieser Brief tut mir so gut.«

Sie nahm Marit in den Arm. »Und ich finde es schön, wieder bei dir zu sein. Ich bin auch viel zu oft weg, nicht wahr?«

Marit schmiegte sich an ihre Mutter.

Eva schüttelte den Kopf. »Unglaublich. Meine Mutter, Johanna, hieß also in Wirklichkeit Rachel?« Sie beugte sich zu Hendrikje. »Aber was soll dann auf ihrem Grabstein stehen? Sie liegt, verflixt noch mal, auf einem katholischen Friedhof!« Ohne die Antwort abzuwarten, sah sie Marit an. »Und was waren das für Wünsche?«

»Oma hat jedem Kind einen Wunsch erfüllt und das immer fein säuberlich auf eine Postkarte geschrieben. Eine ganze Schachtel voll.«

* * *

Anderthalb Stunden später saß Eva im Wohnzimmer auf dem Teppich. Die Postkarten hatte sie alle um sich herum verstreut. Marit und Hendrikje sahen ihr dabei zu, wie sie das Wunschbuch durchblätterte.

»Ist sie fertig geworden?«

»Ich weiß nicht.« Marit zögerte. Sie konnte ja wohl kaum verraten, dass der Geist des Bruders ihrer Großmutter sie jeden Tag in ihrem Zimmer besuchte, und was er ihr erzählt hatte.

Moment mal! Das war die Lösung! Was hatte sich Emanuel eigentlich gewünscht? Danach hatte sie ihn nie gefragt, und nachgesehen hatte sie auch nicht! Sie nahm ihrer Mutter das Buch aus den Händen. Weil die Namen nicht in alphabetischer Reihenfolge standen, dauerte es eine Weile, bis sie ihn gefunden hatte, ziemlich weit hinten.

stand da, aber das war durchgestrichen. Dahinter, eindeutig mit einem anderen Stift geschrieben, stand:

Ruhe für Rachel

Er hatte sicher bemerkt, wie sehr es seine Schwester, ihre Oma, beschäftigte, diese ganzen Wünsche zu erfüllen, dachte Marit. Hatte er deswegen seinen Wunsch in dem Buch ändern lassen? Und hatte sie diesen Wunsch deshalb noch nicht erfüllt? Weil Ruhe für sie so schwer zu erlangen war?

Scheinbar war ihre Mutter auf dieselbe Idee gekommen.

»Jetzt hat sie Ruhe«, sagte sie. »Oder?«

Nachdenklich schüttelte Marit den Kopf.

»Ihre Aufgabe ist noch nicht abgeschlossen. Nicht ganz. Meiner Meinung nach hat Oma diese vielen Leben gelebt, weil sie wollte, dass die Kinder weiterleben. Aber sie muss gemerkt haben, dass das nicht genügt. Oma war die Einzige, die sie kannte, der Rest der Welt nicht. Sie wird erst Ruhe finden, wenn das Leben all dieser Kinder erzählt wird, immer wieder von Neuem. Damit sie nicht aus der Geschichte ausgelöscht werden, sondern weiterleben. Dann erst wird sie wirklich zur Ruhe kommen.«

Endlich Ruhe!

Jerusalem, 11. Juni 2013

Heiß war es auf dem Museumsvorplatz. Ein warmer Wind strich sanft durch die gerade noch über die Balustrade ragenden Tannenwipfel.

Was für ein schöner Ort, dachte Marit. Oben auf dem Berg, mit Blick auf das alte Jerusalem. Yad Vashem. Hier würde ihre Oma bestimmt zur Ruhe kommen, zu Hause bei den Kindern, deren Träume sie gelebt hatte.

Seltsam war es, hier zu stehen, an diesem Ort, wo die Juden aller jüdischen Opfer des Holocausts gedachten. In ihrem eigenen Staat, in Israel, in Jerusalem. Bis vor Kurzem hatte sie noch nie von Yad Vashem gehört gehabt, und jetzt durfte sie dort einen Baum pflanzen, zusammen mit Eva und für Hendrikje. Indem sie Rachel rettete, hatte sie es ermöglicht, dass diese die Träume der deportierten Kinder auslebte. Und indem sie jetzt hier einen Baum pflanzten, wurde die Geschichte all dieser Kinder immer weiter erzählt, so wie Oma es sich gewünscht hatte.

Es war Evas Idee gewesen. Marit lächelte, als sie

ihre Mutter ansah. Wie sehr sie sich doch verändert hatte, so wie sie da jetzt stand, ganz nervös in ihrem langen weißen Abendkleid, mit dem Geigenkasten in den Armen. Die ersten Tage, nachdem sie zu Hause angekommen war, war sie ständig ungläubig durchs Haus gewandert, mit einem Stapel Postkarten in der Hand. Dann hatte sie sich hingesetzt und immer wieder eine Karte gelesen. Laut. *Für Reina Neter, 9 Jahre.* Und plötzlich hatte sie alle Karten aus den Händen fallen lassen, war auf Marit zugerannt und hatte sie in die Arme genommen. »Es tut mir ja so leid«, hatte sie weinend gesagt. »Ich möchte nicht nie da sein wie deine Oma, obwohl sie einen guten Grund dafür hatte.« Und seither war ihre Mutter nicht mehr weg gewesen. Sie hatte zwar Konzerte gegeben, sogar am anderen Ende der Welt, aber trotzdem war sie jetzt immer für sie da.

Und sie hatte sich intensiv mit der Ermordung der Juden im Holocaust beschäftigt, mit einer Verbissenheit, die Marit sonst nur von ihr kannte, wenn sie Geige spielte. Und eines Tages hatte sie gewusst, was zu tun war. Als sie jüdischen Musikern, mit denen sie gelegentlich spielte, Rachels Geschichte erzählte, hatten sie gemeint, sie solle einen Antrag stellen, um in Yad Vashem einen Baum zu pflanzen. Marit und Hendrikje waren skeptisch, aber Eva war überzeugt: »Das ist es, so kommt sie zur Ruhe. Das macht die ganze Sache rund. Die Wünsche der Kinder sind erfüllt und dort, in Yad Vashem, sind alle Opfer vereint. Dort kann sie für immer bei ihnen sein.«

Das war schon Monate her, und nun standen sie also hier: Hendrikje, Eva, Marit und ihr Vater.

»Schau mal, Hendrikje, da kommt das Empfangskomitee an.«

Hendrikje hüstelte. Ihr Kopf zitterte leicht, wie immer, wenn sie sich nicht ganz wohl fühlte.

»Bist du etwa aufgeregt? Es wird bestimmt schön!« Beruhigend drückte Marit ihren Arm. »Soll ich dir den Stock abnehmen? Dann kannst du den Leuten die Hand geben.«

Ein vornehmer Herr mit leicht ergrautem Haar kam mit einem breiten Lächeln auf Hendrikje zu.

»*Miss de Rijk, I'm glad you're here today!*«

Mit einer kleinen Verbeugung schüttelte er Hendrikje die Hand.

Geradezu ehrerbietig.

»*Welcome to Jerusalem. My name is Avner Shalev, director of Yad Vashem. It's truly an honor to meet you!*«

Hendrikje sah ihn hilflos an. Der Direktor lächelte freundlich.

»*No problem, Milady.*« Er winkte eine junge Frau in einem bunten Kostüm herbei und flüsterte ihr ein paar Worte ins Ohr. Die Frau trat auf Hendrikje zu und gab ihr die Hand.

»Mevrouw de Rijk, willkommen in Yad Vashem. Ich bin Miriam Cohen. Weil Herr Shalev kein Niederländisch spricht, werde ich heute für Sie übersetzen. Ich

169

hoffe, Sie sind damit einverstanden?« Hendrikje nickte erleichtert.

»Herr Shalev sagte eben, er freue sich sehr, dass Sie heute bei uns sind. Es ist ihm und uns allen eine Ehre, Sie kennenzulernen, denn Sie haben im Krieg etwas getan, was sich nur wenige Menschen getraut haben. Sie haben Ihr Leben aufs Spiel gesetzt, um einen anderen Menschen zu retten.«

Marit drückte noch einmal Hendrikjes Arm. Genau so war das!

Der Direktor gab Marit die Hand. »Und das ist wohl Ihre Urenkelin?«

Hendrikje lächelte. »Das ist Marit, und das ihre Mutter Eva. Sie haben das alles zusammen ausgeheckt, und deshalb pflanzen wir heute hier diesen Baum!«

»Ganz richtig, Mevrouw de Rijk«, antwortete der Direktor, während er Marit und Eva freundlich zunickte. »Aber zuerst wollen wir drinnen eine kleine Erfrischung zu uns nehmen, Ihnen ist doch sicher warm.« Er gab Hendrikje den Arm, sodass sie zwischen Marit und ihm zum Eingang des Museums gehen konnte.

»Marit und Eva sind an allem schuld«, sagte Hendrikje. »Wenn es nach mir gegangen wäre, hätte niemand je davon erfahren, was ich gemacht habe.«

Herr Shalev lachte. »Ich habe einen langen Brief von Ihrer Enkelin und Ihrer Urenkelin bekommen, machen Sie mir also nichts weis. Sie sind eine Heldin und Helden bekommen einen Baum. Schluss, aus!« Über Hendrikjes Kopf hinweg zwinkerte er Marit zu.

Im Museumseingang war es angenehm kühl. In einer Ecke, auf einem grünen Handwagen, stand ein kleiner Baum. Sein Wurzelballen war in ein Tuch gewickelt. Neben dem Baum stand ein Eimer voller weißer Kieselsteine.

»Dieser Baum soll es werden«, sagte Herr Shalev und zeigte darauf. »Gefällt er Ihnen?«

Marit nickte. Er war klein, doch er sah zäh aus. Und natürlich konnte man Bäume nicht pflanzen, wenn sie groß waren, obwohl Hendrikje eigentlich einen Riesenbaum verdient hatte.

»Die Kieselsteine darfst du nach dem Pflanzen in einem schönen Kreis um den Baum verteilen. Das schützt vor Unkraut und erinnert an die deportierten Kinder aus Vught. Es sind nämlich genau 1269 Stück.«

Eine halbe Stunde später gingen sie in einer feierlichen Prozession durchs Museum in den Park. Hendrikje an der Spitze, zwischen Marit und Herrn Shalev. Dahinter kamen Eva und Miriam Cohen, die zusammen den Handwagen mit dem Baum und den Kieselsteinen zogen, gefolgt von Marits Vater, ein paar Journalisten und Leuten vom Museum.

Herr Shalev zeigte auf alle Denkmäler und erzählte kurz etwas darüber, doch er blieb nur bei einem stehen.

Er deutete darauf. »Sehen Sie, dieses ist für Janusz Korczak und seine Waisenkinder. Eine meiner Lieblingsskulpturen.«

Marit betrachtete die schwarze Skulptur aufmerksam. Ein großer Männerkopf mit Spitzbart überragte eine Gruppe ärmlicher Kinder. Eine von der Größe her zum Kopf passende Hand umarmte die Kinderschar tröstend.

»Korczak war Leiter eines jüdischen Waisenhauses in Warschau. Als die Nazis die Kinder deportierten, ist er freiwillig mitgegangen. Er wollte bei ihnen sein, bis zum bitteren Ende.«

Marit schnürte sich der Magen wieder einmal zusammen. »Wie ...?«

»Treblinka«, antwortete Herr Shalev. »Korczak, die Kinder, der ganze Zug. Im August 1942.« Jäh war alle Wärme aus seiner Stimme verschwunden.

Sie gingen über den schmalen Fußweg weiter, bis sie zu einer Grotte kamen.

»Hier ist die Gedenkstätte für alle ermordeten Kinder. Hier werden Tag und Nacht die Namen, das Alter und die Herkunft der jüdischen Kinder vorgelesen, die im Zweiten Weltkrieg ums Leben gekommen sind. Von einigen haben wir ein Foto, das wir zeigen können, aber bei den meisten haben wir nichts. Das müssen Sie sich nachher mal ansehen, hier wird auch an die Kinder erinnert, die nach Sobibor deportiert wurden.«

Marit schlug das Herz bis zum Hals. Eigentlich war Omas Wunsch ja schon in Erfüllung gegangen. Ein wunderbares Denkmal stand in Vught, und auch hier gedachte man täglich dieser und aller anderen ermordeten Kinder. Sie waren zwar tot, aber nicht endgültig ausgelöscht.

Das Grüppchen ging weiter. Überall standen schon Bäume zu Ehren bestimmter Menschen. Hunderte. Tausende. Unter jedem Baum war eine Metallplatte mit dem Namen des *Gerechten unter den Völkern* angebracht, zu dessen Ehre dieser Baum gepflanzt war.

Nach einer Viertelstunde blieb Herr Shalev neben einem kleinen Erdloch stehen.

»Hier kommt er hin, Mevrouw de Rijk.« Mit weit ausholenden Armbewegungen dirigierte er den Rest der Prozession in einen großen Halbkreis um das Pflanzloch.

Hendrikje nahm den Gehstock, den Miriam bis dahin im Handwagen bewahrt hatte, und stocherte damit in der roten Erde. Ihr schickes Kleid warf Falten. Marit stellte sich neben sie. Es war eine Affenhitze, trotzdem sah sie Hendrikje zittern.

»Mevrouw de Rijk«, setzte Herr Shalev an. »Die Nazis wollten alle Juden Europas vernichten. Und sie sind weit gekommen. Gut sechs Millionen Juden sind auf eine schreckliche Weise umgebracht worden. In unserem Museum erinnern wir an all diese Menschen. An jeden einzelnen von ihnen. Ob jung oder steinalt.«

Es war mucksmäuschenstill. Alle schauten zu Boden. In diesem Augenblick spürte Marit, wie die Kinder kamen. Eine kühle Brise wehte den Hang hinauf und brachte Nebelschwaden mit sich. Hendrikje und Herr Shalev schauderten. Marit nicht. Sie spürte eine Welle der Wärme, die ihr von den Beinen bis zur Brust aufstieg.

Da waren sie! Von allen Seiten strömten sie herbei, die deportierten Kinder. Oma Johannas, Rachels Kinder. Grau waren sie, neblig. In jedem Alter. Die größten Mädchen trugen die Allerkleinsten, und die großen Jungen hielten an jeder Hand ein Kleinkind. Schweigend erweiterten sie ihr Halbrund zu einem ganzen Kreis. Mitten unter ihnen stand Oma in ihrer grünen Tropenbluse. Rosig und seltsam alt nahm sie sich zwischen den ganzen bleichen Kindern aus, obwohl sie einmal die Jüngste von allen gewesen war.

Marit lächelte.

Sie hatte gewusst, dass die Kinder kommen würden, dass ihre Großmutter kommen würde.

Dieser Moment gehörte ihnen allen. Und ihr!

Keiner der anderen sah auf, als die Kinder den Kreis schlossen. Sie merkten nicht, wer sich da zu ihnen gesellte; für die anderen waren die gut Tausend Kinder nicht da. Herr Shalev winkte Marit herbei und reichte ihr sein Messer. Mühsam zertrennte sie das Ballentuch. Dann stellten sie zusammen den Baum ins Pflanzloch. Während der Direktor und Hendrikje den Stamm senkrecht hielten, schaufelte Marit Erde hinein. Eine Kleinigkeit, aber alle sahen ihr mäuschenstill zu. Als der Baum fest stand, goss der Direktor ihn mit der Gießkanne an.

Marit kippte den schweren Eimer mit den weißen Kieseln aus und verteilte die Steine in einem schönen großen Kreis um den Baum.

Hendrikje musste sich danebenstellen. Der Direktor legte ihr den Arm um die Schulter. Fotoapparate klickten, Beifall wurde gespendet. Lange. Anschließend drehten die Leute sich um und gingen den Hügel wieder hinauf, zurück zum Museum. Herr Shalev unterstützte Hendrikje.

Marit spürte den Arm ihrer Mutter Eva auf ihrer Schulter.

»Das alles ist dir zu verdanken«, flüsterte sie. »Meine Mutter wäre bestimmt stolz auf dich gewesen, wenn sie das noch erlebt hätte.« Sie küsste ihre Tochter auf den Kopf und folgte Hendrikje und dem Direktor zum Museum.

Marit blieb stehen und sah zu, wie auch die anderen Gäste sich der Prozession anschlossen. Als alle verschwunden waren, trat sie ans Bäumchen heran. Sie kniete nieder, nestelte den Verschluss ihres Kettchens auf und hängte das Medaillon an einen kräftigen Zweig, dicht beim Stamm. So könnte es zusammen mit dem Baum in die Höhe wachsen.

Marit trat einen Schritt zurück. Jetzt waren die Kinder an der Reihe. Einer nach dem anderen gingen sie auf den Baum zu und lösten sich zwischen den Kieselsteinen im Nichts auf.

Ganz zum Schluss kamen Saartje, Kitty und Emanuel. Nicht grau, wie beim ersten Mal, als Marit sie gesehen hatte, sondern strahlend weiß. Rachel war bei ihnen. Sie sah Marit lächelnd an. Lautlos formten ihre Lippen Worte.

»Gut gemacht, Marit. Mögen die Kinder niemals vergessen werden!« Dann nahm sie Emanuels und Saartjes Hand und die vier Geschwister traten zusammen auf den Baum zu.

Langsam wurden sie immer durchsichtiger.

Marit sah ihnen hinterher, sie wusste, dass sie sie nie wiedersehen würde.

Hinter ihr erklangen ganz leise, warme Töne. Marit bekam Gänsehaut am ganzen Körper. Eva de Rijk war für ihre eigene Ehrerweisung zurückgekommen. Mit der Geige von Rachels Mutter.

Lächelnd sah Marit zu ihrer Mutter, die konzentriert mit dem Bogen über die Saiten strich, während ihr Tränen über die Wangen liefen. Ihre Mutter hatte sich wirklich verändert. Wie sie jetzt hier stand und spielte, mit nassem Gesicht, verlaufener Wimperntusche und zerzausten Haaren – das wäre Eva de Rijk früher nie passiert. Der neuen Eva machte es nichts aus, das erkannte Marit an den trotz der Tränen strahlenden Augen und an ihrem Lächeln. Ein echtes Lächeln, nicht das einer Diva, sondern das einer Mutter. Ihrer Mutter.

»Weißt du was, Marit?«, sagte ihre Mutter, nachdem die letzte Note verklungen war, legte den Arm um sie und zog sie dicht an sich heran. »Ich fliege morgen wieder nach Boston.«

Marit sog hörbar Luft ein, sie spürte einen Stich im Bauch.

Ihre Mutter lächelte sie an.

»Boston ist eine wunderschöne Stadt, weißt du?

Nächste Woche muss ich nur abends spielen und du hast noch ein paar Tage Ferien, also haben wir genug Zeit, tagsüber die Stadt zu erkunden. Zusammen.«

Nachwort

Rachel hat es nie gegeben. Leider. Soviel ich weiß, hat
kein Kind die Deportationen wie durch ein Wunder
überlebt, um später die Träume aller ermordeten Kinder
auszuleben. Ich habe sie erfunden, weil ich insgeheim
hoffe, dass so etwas doch passiert sein könnte. Marit,
Rachel, Eva, Emanuel, Kitty und Saartje habe ich mir
ausgedacht, um von den Deportationen der Kinder aus
Vught über Westerbork in den Tod erzählen zu können
und so zu verhindern, dass wir diese Kinder jemals vergessen.

Die Namen und die Altersangaben der Kinder im
Buch sind echt, es sind wirklich die Kinder aus den
Zügen nach Sobibor. Die Wünsche hinter den Namen
musste ich leider erfinden, schlicht, weil ich nicht weiß,
wovon diese Kinder geträumt haben. Und genau das ist
meiner Meinung nach der Schrecken des Krieges. Dass
Millionen Menschen durch sinnlose Gewalt sterben,
ohne ihr Leben zu Ende leben zu können. Dabei stehen
manche noch ganz am Anfang ihres Lebens.

Am 8. Juni 2013 war es genau siebzig Jahre her, dass der Zug nach Sobibor abfuhr, der Zug mit gut dreitausend niederländischen Juden. Ein Großteil kam aus dem Konzentrationslager Herzogenbusch und war unter sechzehn. Mit den sogenannten Kinderdeportationen wurden diese jungen Menschen am 6. und 7. Juni 1943 zum Durchgangslager Westerbork gebracht. Die deutsche Lagerleitung wollte nämlich alle Kinder und deren Eltern aus Vught entfernen, weil es zu viele waren und sie nicht arbeiten konnten, vor allem die Kinder nicht. Deshalb wurde die Deportation aller Kinder unter sechzehn zusammen mit mindestens einem Elternteil angeordnet. Am 8. Juni 1943 befanden sich mindestens 1269 Kinder und Jugendliche im Zug nach Sobibor.

Dort, in einer regelrechten Vernichtungsfabrik, endete die Fahrt. Alle wurden aus den Waggons gezerrt und mussten sich ausziehen, angeblich um sich zu waschen. In Wirklichkeit verschwanden alle Menschen aus diesem Zug – genauso wie aus allen anderen Zügen vorher und hinterher – in der Gaskammer, wo der Tod sie erwartete.

Hitler wollte alle Juden vernichten. Dabei gingen die Nazis systematisch vor. Sie recherchierten genau, wer jüdisch war und wo Juden wohnten. Anschließend sorgten sie dafür, dass sie über Durchgangslager nach Deutschland oder Polen kamen, wo sie entweder sofort vergast wurden oder arbeiten mussten, bis sie vor Erschöpfung, Hunger oder durch Gewalt starben.

Die Nazis waren so durchtrieben, dass es fast

schien, als wären die Juden tatsächlich vom Erdboden verschwunden. In Amsterdam gab es damals ganze Straßenzüge, wo fast ausschließlich Juden wohnten, sie alle wurden deportiert. Ihre Häuser und Wohnungen wurden ausgeräumt oder geplündert. Dadurch verschwanden oft die letzten greifbaren Erinnerungen an diese Menschen. Mit der Ausstellung »Alle Kinder, sie sind weg« versuchte die KZ-Gedenkstätte Vught die Erinnerung an diese Deportationen mittels Fotos und Geschichten an einer Gedenkwand wachzuhalten.

Zur selben Zeit, im Jahr 2012, stellte der Journalist Guus Luijters ein dickes Buch zusammen, in dem die Namen aller in Lagern umgekommenen jüdischen, Sinti- und Roma-Kinder aus den Niederlanden verzeichnet sind. In seinem Buch stehen rund 18 000 Namen. Um auch all diese Namen »sichtbar« zu machen, versuchte er zusammen mit Aline Pennewaard, den Kindern ein Gesicht zu geben, und machte sich auf die Suche nach Fotos von ihnen. Leider sind nur wenige Fotos in dem Buch, genauso wie es auf der Gedenkwand noch viele Leerstellen gibt. Das zeigt deutlich, wie gründlich die Kinder ausgelöscht wurden. Von einer Menge ermordeter Kinder kennen wir nur noch die Namen, die Anschrift vor dem Krieg und das Datum der Deportation, die ihr Ende bedeutete.

Doch die Kinder dürfen nicht vergessen werden. Deshalb sind, seit dem Tag der Befreiung im Jahr 1945, viele Bücher erschienen und Denkmäler errichtet worden, um an sie zu erinnern. Eines dieser Monumente ist das Denkmal für die deportierten jüdischen Kinder in Vught, das die Erinnerung an die schrecklichen Deportationen im Juni 1943 wachhält. Wer das Kinderdenkmal sehen möchte, kann die KZ-Gedenkstätte Vught besichtigen. Allerdings kommt man nicht, wie Marit und Hendrikje, vom Bahnhof in Vught dorthin. Stattdessen fährt ein Bus vom Bahnhof in 's Hertogenbosch zum Museum. Die Ausstellung über die Kinderdeportation, die sich Marit und Hendrikje angesehen haben, gibt es mittlerweile nicht mehr, aber trotzdem ist ein Besuch natürlich sehr lohnenswert.

Das Jüdische Historische Museum und das Niederländische Widerstandsmuseum, beide in Amsterdam, sind ebenfalls einen Besuch wert, genauso wie das Erinnerungszentrum Lager Westerbork. Alle drei Museen setzen sich gründlich mit der Judenverfolgung und dem Schicksal jüdischer Kinder auseinander.